lagom

释放逃离之心

lagom

中信出版集团 · 北京

主编 & 创意指导　Elliot Jay Stocks
主编 & 编辑主任　Samantha Stocks

中文版主编　李静媛
策 划 编 辑　李静媛　陈小芬
责 任 编 辑　陈小芬
营 销 编 辑　罗文悦

译　　　者　苏　西
装 帧 设 计　马仕睿 / 黄　莹 [Typo_d]

图书在版编目（CIP）数据

理想生活. 3, 从古董家居中寻找幸福 / 英国 Lagom 编辑部著 ; 苏西译. -- 北京 : 中信出版社, 2018.8
书名原文: Lagom5
ISBN 978-7-5086-9291-3

Ⅰ. ①理… Ⅱ. ①英… ②苏… Ⅲ. ①随笔—作品集—英国—现代 Ⅳ. ①I561.65

中国版本图书馆 CIP 数据核字 (2018) 第 169410 号

理想生活. 3　从古董家居中寻找幸福
著　　者：英国 Lagom 编辑部
译　　者：苏　西
出版发行：中信出版集团股份有限公司
（北京市朝阳区惠新东街甲 4 号富盛大厦 2 座　邮编　100029）
承 印 者：北京盛通印刷股份有限公司

开　　本：787mm × 1092mm　1/16　　印　　张：9.25　　字　　数：230 千字
版　　次：2018 年 8 月第 1 版　　印　　次：2018 年 8 月第 1 次印刷
广告经营许可证：京朝工商广字第 8087 号
书　　号：ISBN 978-7-5086-9291-3
定　　价：68.00 元

服务热线：400-600-8099
投稿邮箱：author@citicpub.com

EDITORS' LETTER

编者的话

欢迎你翻开第三期 *Lagom*（《理想生活》）。不知道大家注意到没有，这一期最显眼的变化是，我们改掉了封面的版式。尽管我们一向认为，两幅图片很好地反映出我们崇尚工作与生活平衡的精髓，但我们还是决定改成单幅图片，把它应得的舒展空间还给它。

你可能也注意到，城市指南的篇幅变多了。总的来说，我们现在会把更多内容放在旅行和发现上，因为我们深信，灵感来自对未知的探索，来自独特氛围的浸润——那些独立的酒吧、餐厅、咖啡店，它们都来自世界各地我们心爱的城市，不过，读者朋友们可能会发现这些地方有些出乎意料。

一家鸡尾酒吧开在苹果电脑维修店的后面，而且这两家店的老板还是个演员，你还能找到比这更令人惊讶的地方吗（P16）？吃过 sapas 料理没有？你可一定要到赫尔辛基的 Juuri 餐厅（P11）去尝一尝这种鲜美的创意料理。在 *Benji Knewman* 的编辑阿格尼丝·克莱纳撰写的文章中，我们得以看见里加正在兴起的创意社区、独立品牌，以及成为一个新兴美食之城的可能性（P113）。在另一位做独立杂志的朋友、*Standart* 的编辑迈克尔·莫尔坎撰写的文章中（P44），我们目睹了布拉格精品咖啡蓬勃发展的图景。说到咖啡，我们的“御用”咖啡专家杰森·冈萨雷斯为读者带来了品饮咖啡的终极指南（P132）。

当然，这些只是本期杂志的一小部分。就像往常一样，我们会继续赞颂世界各地的独立创意人、新颖的想法，以及工作与生活的平衡。希望你喜欢这一期！

Sam Elliot

目录

CONTENTS

空间 & 地点

手作 & 创作

抽离 & 休整

lagom

逃离、创作、休整，
不多不少，刚刚好，
工作与生活完美平衡。

Lagom，一本颂扬独立精神与丰富多样的创造性的读物，中文名为《理想生活》，每 2～3 个月推出一期。

它通过讲述那些为热情而活，始终按照自己的理想去生活的人的故事，来诠释“lagom”的生活哲学与美学——不多不少，刚刚好，工作与生活完美平衡。

TEAM LAGOM

团队

编辑

Samantha Stocks
萨曼莎・斯托克斯 — 编辑 & 编辑主任

Elliot Jay Stocks
埃利奥特・杰伊・斯托克斯 — 编辑 & 创意指导

创作人员

Agnese Kleina
阿格尼丝・克莱纳 — 撰稿人

Aino Huovio
艾诺・霍维欧 — 摄影师

Bianca Jafari
比安卡・贾法里 — 校对

Caitlin Lawless
凯特琳・劳利斯 — 校对

Dan Rubin
丹・鲁宾 — 摄影师

Ed J Brown
埃德 J. 布朗 — 插画师

Erik Spiekermann
埃里克・斯皮克曼 — 特邀印刷专家

Jan Bartelsman
简・巴特尔斯曼 — 摄影师

Jason Gonzalez
杰森・冈萨雷斯 — 撰稿人

Jayde Perkin
杰德・珀金 — 插画师

Jonny Akers
乔尼・埃克斯 — 撰稿人

Julie-Anne Cassidy
朱莉－安妮・卡西迪 — 撰稿人，摄影师

Kasia Fiszer
卡西亚・菲兹尔 — 摄影师

Louisa Canham
路易莎・坎汉 — 撰稿人

Maryse St-Amand
玛蕊斯・圣阿曼德 — 撰稿人，摄影师

Michael Cooper
迈克尔・库珀 — 摄影师

Michal Molčan
迈克尔・莫尔坎 — 撰稿人

Rachael Gurney
蕾切尔・格尼 — 撰稿人

Reinis Hofmanis
瑞尼斯・霍夫曼尼斯 — 摄影师

Talia Carlisle
塔莉娅・卡莱尔 — 撰稿人

Tamara Bentzur
塔玛拉・本泽尔 — 转录员

Teodorik Mensl
泰奥多里克・曼索 — 摄影师

Thomas Seear-Budd
托马斯・希尔－巴德 — 摄影师

空间 Spaces

Places
地点

Photograph by Dan Rubin

marimekko®

传统的滋味

A Taste for Tradition

赫尔辛基的餐厅 Juuri[1] 凭借新鲜又质朴的料理 sapas 成为现代芬兰美食的典范。我们与餐厅的联合创始人贾可·迈拉玛奇谈起了他们的高人气。

采访 Samantha Stocks
图片提供 Aino Houvio

我连听都没听说过 sapas，更别提吃了。可是，看到对这种斯堪的纳维亚新美食的描述之后，我迫切地想去 Juuri 看一看。这个面积不大、风格低调的餐厅坐落在高山街（Korkeavuorenkatu Street）上，离赫尔辛基最繁华的商业中心仅有一箭之遥。

Juuri——sapas 的诞生地，这家餐厅的名字反映出它的理念：在芬兰语中，juuri 的意思是“根”。这一方面是说，根茎类蔬菜是这家餐厅的招牌菜，另一方面是在向芬兰的文化遗产致敬——在颂扬传统饮食文化的同时，把它带入 21 世纪。“从本质上说，这个名字的含义是，我们深深扎根于芬兰的土地。”餐厅的联合创始人贾可·迈拉玛奇对我说。这个“根”字，既有字面上的意思，也是一种比喻。

餐厅里使用的都是本地产的有机食材，贾可

左图
花椰菜与山羊奶（左侧），梭鲈、烟熏梭鲈薄饼与菠菜（右侧）

1 juuri.fi

与联合创始人伊利亚·比约斯（正是他发明了令Juuri声名远扬的sapas）认识供应商中的绝大多数人，渐渐地，有些供应商还成了他俩的朋友。“我们有‘御用’的菜农，专门给我们餐厅种菜。”贾可告诉我。

聊了没有多久，我就发现，贾可和伊利亚非常重视对芬兰饮食文化与传统的保护，而这间餐厅把他们的愿望变成了现实。“十几岁时我就有这个梦想了，”贾可解释道，“无论是在工作中，还是在家里，我们一向都会使用大量新鲜的、完全产自芬兰的食材，所以说，芬兰的饮食文化传统一直都在我们身边。芬兰是个非常干净的国家，有许多自然的、原生态的地区，我们想用菜品风味表现出这一点。”

Juuri最让我感到震撼的就是食材的新鲜程度。虽然有许多餐厅都鼓吹说自己的食材和味道有多么新鲜，但在品尝Juuri的菜肴时，刚吃第一口，那种风味和质感就能让你的精神为之一振。一道菜中的食材种类不多，调味也很清淡，因此食物的原味成了主角，其魅力甚至超越了那生机盎然、优美如画的摆盘。

你可以把sapas理解为芬兰版的西班牙小食tapas，或是mezze[1]也行。不过sapas里面可没有地中海风味，只有新鲜水灵的北欧滋味，而这都来自本地小型农户出产的有机食材。虽然它的发音听起来跟tapas惊人地相似，但这个名字其实来自于芬兰语suomalaiset alkupalaset，意思是“芬兰的小碟开胃菜”。

来这里点上几碟sapas，你会吃到柳松鸡配桦木、新鲜现捕的北极红点鲑、接骨木花配白鲑鱼，或是加了茴香的牛奶（产自当地农场Saloniemi）。菜式根据季节变化，所以这家餐厅值得在每个季节都来一次，这样才能尝到所有的sapas。如果你觉得只吃这些小份菜没有正餐的感觉，店里还有分量更

1 近东、巴尔干半岛和中亚部分地区的下酒小吃或正餐前的开胃菜。——译者注

前页图 & 上图
北极红点鲑佐向日葵与洋葱

右图
野松鸡、桦木与苹果

足的主菜可以选择。

既然这种现代版的芬兰传统美食如此受欢迎，或许过不了多久我们就能在伦敦和纽约街头看到它了。不过，虽然它的高人气有一部分要归功于创新，但这道芬兰菜式很可能会继续留在本地。

“Juuri 是最先专注于新芬兰美食的餐厅之

一。”贾可自豪地告诉我。伊利亚为 Juuri 发明出了 sapas 的概念，从此餐厅的人气一飞冲天。贾可对我说，sapas 在整个芬兰都很出名，尤其是在赫尔辛基，就连外国客人都慕名前来。“在本地人里，Juuri 很受欢迎，但远道而来的客人越来越多了。如今店里的很多客人都是游客和来出差的商务人士。”

由于生意越来越好，贾可和伊利亚最近又开了一家名叫 Latva[1] 的葡萄酒吧，而且还打算和几个朋友合伙在 Juuri 隔壁再开一家小型酿酒坊兼餐厅。

Juuri 和它的菜品都流露出一种诚恳与质朴的气质。正如它的名字一样，这家餐厅非常接地气。不管你穿的是牛仔裤和运动鞋，还是衬衫配领带，在这里你都可以从容自在地坐下来，在亲切怡人的氛围中吃一顿朴实、不装的饭食，享受芬兰的本土食材在应季时那最清鲜的滋味。

1 latva.fi

右图

草莓配小甜饼

底部图片

Juuri 的联合创始人贾可·迈拉玛奇

工作玩乐
两不误

Mixing Work & Play

如果你觉得苹果电脑维修店和鸡尾酒吧是个奇怪的组合，
那有个地方你一定要来看看：这家店白天叫作 The MacSmiths[1]，
晚上则摇身一变，成了 The Natural Philosopher[2]。
这两个共用同一空间的维多利亚主题店铺呈现出一种奇异的协调感。

撰稿与摄影 Elliot Jay Stocks

本页及 23 页图片 感谢 The MacSmiths 提供

1 macsmith.co

2 thenatural-philosopher.com

PATRON
Ardbeg
LAPHROAIG
10
Maker's Mark
Dictador
12
OPIHR
24
LUXARDO
LILLET
DOLIN
DOLIN
The Natural
Philosopher

创意混搭已经成了 *Lagom* 的标志：比如说，我们的创刊号上就曾经报道过一家半是零售店铺、半是设计工作室的空间。然而，要是跟 The MacSmiths 与 The Natural Philosopher 相比，那种搭配实在太正常了。白天是一家苹果电脑维修店，晚上变成鸡尾酒吧（栖身于维修店后面），这对组合的画风实在相差太远，乍一看你会觉得这简直没可能啊。可是，这两个奇异的、充满魅力的店铺就坐落在伦敦的汉克尼路（Hackney Road）上。

但对比远不止于此。维修店和酒吧都是保罗·马克·戴维斯的创意，在打理这两个以顾客为导向的生意之余，他还有个副业：当演员。等到这期杂志付印的时候，他的作品就要上电视了：他在《神秘博士》（*Doctor Who*）的最新衍生剧《神秘校园》（*Class*）里扮演一个重要角色。正是表演触发了 The MacSmiths 与后来的 The Natural Philosopher 的诞生。

2008 年，保罗已经与两部电影签订了饰演主角的合约，但金融危机袭来，两部电影的资金都付诸东流。突然之间丢了工作的保罗决定依靠多年来使用苹果电脑积累的技术，为家人和朋友维修苹果电脑。“我在百老汇集市（Broadway Market）里的 La Bouche 小馆里贴了张广告，立马就得到了第一份维修工作。”他回忆道，“我说‘立马’，真的就是马上。我把广告贴上之后，走出门口，正站那琢磨该上哪儿去贴第二张呢，我的手机就响了。打电话

的姑娘就坐在 La Bouche 里头，她的苹果笔记本出了问题。于是我就走回店里，跟她聊了一会儿，她把笔记本电脑递给我，然后我就接下了第一单维修工作。”一小时之内笔记本就修好了，所有数据也恢复如初，而苹果公司给那姑娘的答复是，电脑修好得要好几周时间，而且数据肯定都会丢失。就这样，保罗赢得了第一单生意，而且顾客的满意度极高。“那一天下来，她有三个朋友给我打电话要修电脑，那周结束的时候，这事已经算得上一门生意了。到了那个月末，我已经彻底忙不过来了：绝大多数时候都从早上 6 点一直忙到半夜。”保罗很快就意识到，他得雇帮手。随着生意越来越好，到了 2013 年，这些维修活儿必须从他家里搬出去，另寻地方了。汉克尼路上刚好有间店铺，是两个铺子打通而成的毛坯房，就这样，The MacSmiths 诞生了。

保罗特别喜欢维多利亚时期的东西，所以他用了一大堆他称之为“有年头的破玩意儿”来装饰这个空间：动物标本、旧画、破皮椅，还有古早年间用的旧钱箱。几乎所有的东西都是从 eBay（易贝）上买来的。在这些装饰物品中摆着的，是他收藏的一系列老式苹果电脑——这证明店铺“苹果电脑博物馆”的名号所言非虚。“顾客来我家修电脑的时候总

说，他们还以为这儿就是一副普通 IT（信息技术）公司的模样。”保罗自豪地说，“我不想失去这个优势。所以装修这个地方的时候，我就想，为什么不把这里装成我喜欢的样子呢？这不是玩噱头，我只是按照自己的想法来。当你能够诚实地面对自我，诚实地面对自己的做事方式，人们就会对这份诚实做出回应——无论你的风格是否符合他们的品位。”

相应地，从店铺门面上看，这儿也绝对不像是会通往鸡尾酒吧的样子。我问保罗 The MacSmiths 是如何进化到第二阶段的。他告诉我，他原本打算把店铺后面的那个空间用作培训学校，教人们用苹果电脑做创意工作。“培训的事情我做了三到四个月，有天在达尔斯顿（Dalston）开酒吧的詹姆斯・马奈罗找到我，问我能不能在这里开个快闪酒吧。我觉得这主意不错，随即，问题很快就变成了‘那咱们真开个酒吧呗？’于是我们就决定合伙开酒吧了。”

保罗把店铺后部的空间整修一番后，The Natural Philosopher 正式诞生了。他发现了这个空间里有各式各样的趣怪角度，还发现了一个额外的地下室，于是就做了个下沉式的吧台。酒保在吧台后调酒，客人们在高过他不少的地方走来走去，膝盖差不多跟他的脑袋同高——这儿是酒吧里最趣怪的地方之一。我问保罗这个设计是出于必要呢，还是故意为之。“每件事情我们都是顺势而为的，好比说，‘咱们把所有的墙都拆掉，看看是什么样子’。我们有这么一个位置尴尬的地下室，还有这些奇奇怪怪的错层，但不知道为什么，用起来都还挺好。”顺便说一句，保罗依然打算把培训学校办下去，而且就在酒吧里面。“上完一天课之后，谁不想来杯鸡尾酒啊？”他问。别说，还真是。

The Natural Philosopher 的座位区非常舒适诱人：房间里摆着许多张圆桌，桌游在墙边堆得老高，一个橱柜里陈列着动物头骨和好多瓶杰克丹尼威士忌（Jack Danie's），旧式灯具和裸露灯泡发出的幽暗光线笼罩着一切。走下几级台阶，吧台后面是面积较小的地下室区域，里头摆着画风露骨的画像，描绘的是人老珠黄的脱衣舞娘，其中一张的画框看上去像个阳具。这个特殊的房间仿佛在向往昔那种乌烟瘴气的小酒馆致敬，一切摆设都带着心照不宣的意味，跟你挤眼示意。在这样一个空间里，

你绝对不会觉得不自在，每样东西都带有一种奇异的协调感。

“来 The MacSmiths 修电脑的绝大多数顾客，要么是做创意工作的，要么就是在创意环境里工作，”保罗说，“当然，酒吧吸引来的也是这样的客人。刚开始的时候我还有点担心，不知道能不能把生意放在一个向公众开放的空间里。可我们从没轰走过一个人。我特别满意的一点就是，我们这儿从没遇上过那种不明事理的家伙，这种人是不会进来的。”

保罗需要同时照管两家店铺的生意，还要外出拍戏。我问他怎么同时应付得来，以及未来对这三件事都有哪些计划。“计划就是不要同时应付！”他大笑。“我的计划是把一件事放下之后，再拿起另一件，同时让员工们多管点事。但最近我就遇上了特别头疼的事：两个员工进了医院，一个度假去了，而

我在加的夫（Cardiff）拍戏，还要一个人打理公司的事儿。”保罗说。不过这也算是极为特殊的情况了，而且他会做好安排，避免这种事再次发生。“表演并不是那种能够定义我的事情。我非常喜欢表演，但我热爱这种平衡感。在内心深处，我是个工程师。当演员之前，我当了十年的雕刻家，离开这一行之后，我发现我非常怀念那种用实际物料工作的日子。我想念的并不是创造性，因为我认为每一行里都有创造性；我想念的是解决问题的感觉。”短暂的停顿过后，保罗承认道，“好吧，说实话吧：我喜欢当英雄！每周有一百个慌乱的顾客找到我们，而我会出手相助。我知道这算不得生死大事，可有些顾客真的都快急哭了。他们走进来说，这辈子接到的最大的生意就快到交活的时间了，电脑却坏了；要么就是笔记本电脑里存着孩子们从小到大的所有照片，他们真的快崩溃了。能够帮到他们，那种满足感真是无以复加，只要他们希望我做，我就会一直做下去。”

When you’re honest with the way you want to do something, people respond to that honesty, whether it’s to their taste or not.

Paul Marc Davis

当你能够诚实地面对自己的做事方式，
人们就会对这份诚实做出回应——
无论你的风格是否符合他们的品味。

——保罗·马克·戴维斯

组约城中的
联合展示空间

Square Roots

曼哈顿的 Brand Assembly Square [1] 既是一个联合办公空间，也是一个时装展示厅，帮助崭露头角的设计师们打入时尚世界。联合创始人希拉里·弗朗斯跟我们谈起，在这个充满竞争的行业里，社群与协作是多么重要。

撰稿 Elliot Jay Stocks
摄影 Michael Cooper

你是什么时候创立的 Brand Assembly，当时的动力是什么？

我们的实体空间 Brand Assembly Square 是 2015 年 9 月份开张的，但我和搭档亚历克斯·雷波拉在三年半前就创立了 Brand Assembly。我们最初的想法是为崭露头角的设计师们提供在经营和后勤方面的基础服务，帮助他们做预算、管理现金流、做账，也帮助他们把产品打入零售店铺，让终端的消费者见到。

在纽约做销售工作的那几年，我为一家名叫 Kimberly Ovitz 的小公司工作，在那儿我接触到了一盘生意的各个方面，我做预算，也看到了钱都花到什么地方去了。有相当多刚起步的设计师都是单干的，想要凭借一己之力包揽下所有的事情。我发现，对他们来说，要是没有一个支持体系的话，想把产品铺到市场里的成本实在太高，而且要花费大量的时间，这肯定不是长久之计。就这样，Brand Assembly 的创意诞生了。

Brand Assembly 成立伊始，为了帮助新设计师们把产品铺到零售店里，我们的方法之一就是在洛杉矶举办小型的展销会。它很快就变成了我们工作的主题，现在，参会的品牌有 130 个，买家接近 1000 个。由于我们日常驻扎在纽约而不是洛杉矶，所以差不多两年之后，我们决定，应该在纽约也成立一个机构，这很重要。这个机构应该符合我们一贯的使命，也就是帮助崭露头角的设计人才。于是，我们想到了 Brand Assembly Square 的主意。

1 brandassembly.com

INTENTS

在搭建空间并邀请品牌入驻、成为会员的过程中，我和亚历克斯见了一大批新设计师，听取他们的需求，我们发现，许多人已经厌烦了传统的展销会模式。我也相信这个行业已经发生了改变，因为，为了带领公司发展到下一个阶段，设计师和时尚行业里的其他人都更愿意相互协作了，而在过去，大家都是只顾自己。

我想，这就是 Brand Assembly Square 的价值所在。我们把它称作"联合展示空间"，在这里工作的品牌也可以在这个空间里为买家展示产品。他们还会与入驻的其他品牌联手合作，并成为朋友。这里差不多是生意规模很小的新设计师和时尚创意人才们的社区中心。

这个空间的布局是什么样的？有一个中央展示厅，还有桌子和工作的地方吗？

我们有三种会员，希望能够符合设计师或品牌不同的预算情况。对最高级别的会员，我们提供私人工作室，他们可以拥有专属的独立空间。Brand Assembly Square 的理念就是充分开放和通透，不要关闭和隔绝，因此所有的私人工作室装的都是玻璃隔墙和玻璃滑动门，在结构上很灵活，让这个空间既可以开放出来，也可以成为私密的独立空间。

在设计的时候，我们一个特别重要的考量就是，要让这个空间有开放的感觉。我们实在太幸运了，居然能在纽

约找到这么一个 360 度都有窗子的阁楼空间。我都不知道为什么能这么好运！这里的自然光线实在太棒了。

对于下一级的会员，我们在整个空间的中部地带设置了一个面积非常开阔的空间，我们称之为“独立工作区”，区域里有专属工作台，还配有专属的架子或搁板。买手过来选货的时候，可以很方便地看样品。在独立工作区里，会员们都是并列排排坐的，这种设置会促进彼此间的合作和信息共享，培育出一种真正的社区氛围。

我们还有一种“图书馆会员”，任何时尚创意人士，只要想进来使用这个空间的都可以来。听到图书馆会员们说在这儿工作的效率大大提高了，真是很欣慰！此外，我们还有一间会议室开放给所有级别的会员，按照每个月的时间额度来用就可以了。会员们有重要会议要开的时候就会使用这个会议室。

现在这个空间里有多少品牌进驻？

我们有大约 20 个签长期合约的会员，三个级别都有。在纽约时装周期间，我们也会允许一些品牌临时入驻，届时差不多总共会有 35 个品牌吧。

你刚才提到，在设计这个空间的时候就开始邀请品牌入驻了。你们现在是如何发展会员的？比起时尚设计师们过去的工作方式，你们希望这里能有更多协作，这个理念推行起来困难吗？

在这个问题上，我们格外幸运，绝大多数会员都是通过口碑找来的，因为他们认识的人跟我们有过愉快的合作经历。但是，为了保证顺畅运转，我们也需要从中挑选出符合我们理念的人。对于成功进驻的会员，我们会尽心尽力地帮助他们、鼓励他们——在这个以协作和社区感为核心的联合工作空间里，他们一定要学会开放。

我原本以为说服那些认同我们理念的设计师进驻会比较难，尤其是在最起初的时候，那会儿我们刚想到这个创意，还没签下场地租约的时候就开始向品牌推销这个联合办公空间了！曾有一度我想，万一租约没谈下来，而我已经开始做销售了，这可怎么办？但谢天谢地，我们接触的每个人都非常理解这个状况。

由于我们主要关注的是女性时装，所以我们非常清楚要找什么样的会员，同样，我们也很明白该找什么样的买手。

因为我们主办展销会，所以累积下了一个相当大的买家数据库。于是我们就可以为会员们做大范围的营销推广活动，买手们还可以很方便地共享交通工具，一起到我们这里来看货。纽约时装周期间，我们会

让买手们知道这里有哪些品牌，有些约见还是通过我们促成的。

你认为目前的协作状况是不是比你们预想的还要好？大家不只是相互帮忙解决问题和交流意见吧，他们还会真正一起联手做项目，是吗？

我看到销售人员共享资源，这在以前是绝不可能的。一想到销售，我想到的情景就是，人人都想竭力提高自己的市场份额。所以，共享销售员的做法跟我刚入行时的心态可完全不一样。我们空间里有几个品牌曾经联手做过快闪店。其中一个是服装品牌，一个是珠宝，他们在 NoHo 租了一块场地，做了为期一周

的快闪店。能够帮助大家建立这样的协作关系并组建团队一起工作，真是棒极了。

对于小品牌来说，为了打入时尚世界，加入这样的一个空间是至关重要的吧？

确实如此。这正是我们创立这个空间的用意之一。我们看到了新晋设计师们面临的困难，挑战不单单是在后勤和活动管理方面，还包括如何把产品推到终端消费者和买手面前。如果你是个新入行的设计师，全凭一己之力打点这一切，或许你根本就没有跟媒体谈判的实力。如果你在自己家里展示样品，或是租一个酒店房间，那买手或时装编辑肯定最后一个才会考虑你，因为他们必须得把大品牌排在前面，确保自己能选到热卖的货色。所以，你的产品可能根本就没有露面的机会。

如果大家都聚集到这里来工作，那就有了数量优势，新晋设计师们也就可以见到相当多的买手和时装编辑了。

你有一个“工作室艺术”的学位，离开艺术这一行，成为一名帮助他人推进业务的人，这种身份转换是不是可以帮助你用新视角去看问题？

绝对是这样。如果要让我为自己分个类的话，我觉得我应该属于“工蜂”那一型的，这一整块事业就是这样建立起来的。但是，创建了这个社区之后，我每天都待在这里帮助这些设计师，跟他们聊天，我觉得自己简直就像母鸡照顾小鸡一样，精心呵护着这些品牌。这份工作特别有意思，而且改变了我对这个行业的看法，也改变了我自己的工作方式。这是一个极有乐趣的过程，我正准备在洛杉矶也开一个这样的空间，继续挑选和帮助更多品牌。

在运营 Brand Assembly Square 的过程中，你觉得回报最大的事情是什么？

这个空间给我的回报，就是看着这一派繁忙的景象：看着会员们彼此交谈和协作，看着设计师们裁纸样，给模特试装。

但是，当我看到我们的会员得到买手或时装编辑的认可——这些买家原本是没有机会发现这些人才的——或是由于加入这里，才终于把产品打入了梦寐以求的零售店，这才是让我最为欣慰的时刻。

这个空间开张的时候，正逢时装周期间，我们找到这些品牌，把概念讲给他们听，结果一下子就订满了。他们信任我们。其中一个品牌已经经营了两季，我把一个他们一直视为目标客户的买手介绍给他们，这个买家果然采购了他们的产品。

这个品牌对我说：“我们太激动了。一连两季，我们不断地给这个买家发邮件，可他们从没回复过。可他们来到这里，直接看到了我们的服装系列。他们大概都没把我们对上号吧，不知道我们就是那个每天都发电邮过去的品牌。”

由于成为我们的会员，品牌获得了这样的机会——听到这个的感觉真美妙啊。

酒店里的小旅行
不像酒店的酒店

Hotel Spotlight

Hotel Not Hotel

房间藏在书架式的暗门背后，或是设在二十世纪七十年代的有轨电车车厢里，酒吧兼泰式餐厅的名字十分有趣，跟好莱坞演员凯文·贝肯同名……这家“不像酒店的酒店”（Hotel Not Hotel[1]）果然名副其实！

撰稿　Samantha Stocks
摄影　Jan Bartelsman

1　hotelnothotel.com

请你把对酒店的既定印象留在门外，但一定要带上那颗热爱冒险的心，如果你不记得来时路上把它丢到了哪里，没关系，在这里你很可能会再度找到它。

我把对酒店的一切传统观念都放到一边（包括忌讳的数字 13），坐下来跟这间酒店的联合创始人蒂门·勒瑟福尔聊天，听他带着无上的热情说起自己的酒店，以及有着不同寻常的名字的“凯文贝肯酒吧”。我想知道，在这幢有趣又奇特的建筑背后，有着怎样的思考和动机。

“酒吧的名字来自‘凯文·贝肯六度理论’[1]，”蒂门解释道，“凯文·贝肯是好莱坞人脉最广的人，我们酒店的位置刚好在阿姆斯特丹市中心偏西一点点，酒吧里的常客既有当地人也有不少外国客人。”他说，因此酒吧成了该地区的“六度理论”核心点，他们觉得凯文·贝肯就是这样的角色。“再说了，”他耸耸肩，“反正我们很喜欢这个名字。”

蒂门与另一位联合创始人布鲁诺·邦特以前都没有经营酒店的经验。尽管蒂门曾经在一家“像酒店”的酒店里工作过，但布鲁诺在创业之前跟服务行业没有任何交集——以前他是做艺术工作的。虽然他们二人来自迥然不同的领域，但他们有一个共同的愿景：创造一个跟常见酒店截然不同的地方。

“这是布鲁诺的点子，他想找一个写字楼，然后在里面搭出一个个小房子模样的空间。”蒂门解释说，“他偶然路过这幢漂亮的大楼，正是这幢大楼给了我们进一步的灵感，我们打算干点比最初的计划更离经叛道的事。我们决定，应该使用设计手段走得更远点——更创新，更疯狂。”

看看酒店里头的样子吧：老式有轨电车的车厢骄傲地停在正中间儿（这是酒店最古怪的房间之一）；门牌号码 13 的西班牙式小别墅叫作 Casa No Casa；“鸦巢”（Crows Nest）栖息在令人目眩的高处……而这一切都安置在同一个开阔又开放的空间中。你有充分的理由说它疯狂，不过，这副场面也真让人灵感迸发呢。

散落在硕大空间里的一个个独立“小屋”就是

1　凯文·贝肯六度理论，Six Degrees of Kevin Bacon，就像是数学上“六度分隔理论”的好莱坞衍生版。六度分隔理论认为每个人和任何一个陌生人之间所隔的人不会超过六个，而好莱坞演员凯文·贝肯能导会演、歌舞通吃，出演了七十多部作品，跟他合作过的电影人极多，于是他就成为人脉网中的关键人物。——译者注

酒店的房间，沙发座位散布在各个角落，蒂门和布鲁诺喜欢把这儿叫作“室内村庄”，客人们在入住期间会体验到一种社区般的感觉。“在常规的酒店里，会有漂亮的大堂，人们也会坐在一起，可当你上楼一看，比如说第14层吧，房间可能挺不错的，可每层房间外全都是那种长得没头、无聊至极的走廊，”蒂门说，“在我们酒店里，一切都共处在同一个开阔的大空间下，人们见面一定更加容易。就算不交谈，客人们也更容易看见彼此，这让社区的感觉变得更为浓厚。单是见到有人在你的房间外坐着，或是在某个角落里坐着，你就会有置身于社区的感觉。在当初做设计的时候这就已经是我们考虑的重点了。”

为了做酒店的内部设计，布鲁诺和蒂门联系了一群艺术家和设计师，他们全都毕业于荷兰南部的一家设计学院。“有趣的是，他们在埃因霍温有一个工作室，大家都在里面工作，那工作室的模样跟Hotel Not Hotel非常像。”蒂门说，“他们都有自己的独立工作空间，散布在大空间的各个角落里，所以他们很容易就明白了我俩想把酒店做成什么样子。我们谈得很合拍，所以就决定一起合作了。”

这个项目是任何一个设计师都梦寐以求的：客户真的把整个空间交到你手上，尽情发挥吧，多么疯

狂的创意都可以。两位老板提供给他们的唯一信息就是酒店的地址和有待装修的面积。

“所有的设计师都想出了非常棒的主意，”蒂门说，“当你看到这些各不相同的设计，在动工建造的时候，你很难想象它们放在一起是什么样子。但不知怎的，它们在同一个屋檐下显得非常和谐。整个设计过程棒极了。”

在所有风格各异的房间中，蒂门个人最钟爱的是“秘密书架”系列（Secret Bookcase）。“直到现在，我都很喜欢看客人脸上惊讶的表情！我把他们领到房间门口，请他们找找门在哪儿。”房门隐藏得非常好——正如名字所示，房门做成了书架的样子，而门把手就是一本书。“我必须请客人记住是哪本书。”他说。

“鸦巢”一向是喜欢爬高的客人们的最爱：更有冒险精神的人可以爬到房顶去，舒舒服服地窝在吊篮椅里面，俯瞰下去，把酒店内部的景象尽收眼底。

但是，若要从“艺术家通过房间设计来表现趣味和幽默感”的角度来评价的话，阿诺·科尼恩[1]的房间肯定能拿头奖。而且，从字面上来看也一点没错，那间房间的的确确就是“阿诺·科尼恩的房间”。布鲁诺找到他之后，这位炙手可热的艺术家只提出了一个要求：只要他去酒店入住，那间房间一定要留给他。“他把里面装饰得就像自己家一样。”蒂门说，“所以，每次他来我们酒店的时候，总感觉像回家似的。”

尽管蒂门和布鲁诺与一群艺术家和设计师联手设计出了这家酒店，但他俩有些点子是设计师们“不敢苟同”的，其中之一就是那个电车房间。跟蒂门聊天时，我瞧着它的模样——蓝色的车厢大大咧咧地停在酒店正中间，感觉就像是房间里的大象一般显眼和突兀——或者说，就像酒店里的电车车厢。“这是一节如假包换的阿姆斯特丹有轨电车，我们在北阿姆斯特丹买来的。”他告诉我，“我们不得不拆掉了酒店的好几个门，才把它抬进楼。进了门以后，用了五个人才把它挪到拖车上。把它在酒店中间放下来之后，我们就知道，以后绝不会把它挪走了，因为运进来实在太不容易了！我想它大概会永远留在那儿。”

1 阿诺和妻子艾瑞斯还为酒店设计了 Crisis Free Zone 小屋。arnoloenen.nl

在装修酒店的时候，布鲁诺和蒂门一点也不怕亲自动手，而且他们很喜欢全身心地投入，看着想法一点点变成现实。可有些活儿也是不得已：蒂门解释说，没有一个设计师愿意动手翻新那个车厢，因为人人都想做符合自己想法的东西。

“布鲁诺和我把车厢的绝大多数活儿都干了，”他解释道，“我们一连干了好几个月，天天穿着旧衣服在车厢旁边走来走去，还在车厢顶上坐了一个星期，用砂纸打磨车顶，修复它。工作量大得要死，但很有意思，而且我们对成果十分满意。”

酒店客人和当地居民都很喜欢这个空间里的社区感，与此同时，它开放的内部空间和风格各异的房间设计也吸引了一批预料之外的观众：自然而然地，Hotel Not Hotel 做起了场地出租的服务，本地人和一些企业（包括谷歌）喜欢到这里来举办活动，比如派对、新品发布会、展览、工作坊，甚至还有人来这里拍照片。

“你能想到的都有，”蒂门说，“酒店里办过各式各样的活动。我们办过艺术展，包括世界新闻摄影展（World Press Photo exhibition），他们把酒店包下了一周，办展览、做演讲，世界各地的摄影师们都赶来参加。”

“也有许多摄影师来这里拍照，我们之前还真没想到这个，”他继续说，“但这个空间真的很适合，因为在一个大空间里有这么多风格不同的角落和建筑造型，所以成了拍照的完美之选。摄影师们特别喜欢，因为在同一个空间里能拍到这么多不同的背景。”

我问蒂门和布鲁诺，要是能重新再来一次的话，他们的做法是否会有不同。蒂门承认道：“或许我们会把更多精力放在酒店的其他必需事务上，而不是亲手修建它！”

原来，酒店扩张已是近在咫尺的事。由于第一家酒店大获成功，布鲁诺和蒂门打算启动一个新计划：在阿姆斯特丹的另一幢大楼里再开一家 Hotel Not Hotel，依然与同一批设计师合作。“找一幢空置的大楼，把它改头换面，真是个特别有意思的经历，尤其是跟这些设计师合作。我们非常愿意再来一遍。”

6 4
BOOKS P
McNALLY JACKSON
SELF-PUB
HAMMERMI
LOOK BE
PAID

探店
纽约人气书店
McNally
Jackson

Stockist Spotlight

McNally Jackson

McNally Jackson Books[1] 是纽约最受欢迎的独立书店之一。为什么它的人气这么高？带着好奇，我们采访了书店经理罗杰·潘塔诺。

撰稿 Samantha Stocks
摄影 Dan Rubin

讲讲 McNally Jackson Books 的历史吧？它开张多久了？创始人是谁？

这家店是在 2006 年开张的，是店主莎拉·麦克纳利的主意，她家在故乡加拿大经营书店已有多年。自开张之日起，店里的生意就一年比一年好，一直发展到今天。

1 mcnallyjackson.com

店里如此繁忙，你们认得出熟客吗？来这里的熟客多不多？

我们店里不仅有许多纽约本地的熟客，外地游客里的熟面孔也并不少见，不少游客都说，他们每次来纽约，都肯定要来我们店里转一转。我们还有许多外国客人，不光是夏季那几个月会来，而是全年都有。

店里出售的杂志有多少种？为什么你们如此重视独立杂志？

目前我们店里备有 600 多种杂志和期刊，从流行时尚到非常小众的限量杂志都有，而且是全世界范围的。我们的期刊部门花费了大量时间和精力，为读者呈现出这么丰富的品种。他们的工作不只是把杂志摆上书架就行了，而是要仔细地审读每年收到的大量样刊。特别重要的就是要明白读者想看什么，然后给他们惊喜——在店里摆上他们从没想到能在这儿见到的杂志。

店里有哪些即将举办的活动是你们特别期盼的？

我们店里的活动非常丰富多彩。2016 年夏天有两本最热门的作品：斯蒂芬妮·丹勒的《你要像喜欢甜一样喜欢苦》（*Sweetbitter*），还有艾玛·克莱恩的《女

孩们》(*Girls*)，这两位作者我们都请到了，在同一周内都举行了读书会。不久以后，我们还会安排凯特·米尔福德(Kate Milford)来做一场读书会，她是一位非常受欢迎的年轻作家，得了很多奖，碰巧还是我们书店的工作人员。近期值得关注的还包括以下几位作家主持的读书活动：杰夫·戴尔[1]、泰茹·科尔[2]、亚历杭德罗·桑布拉[3]。我个人最喜欢的是埃及小说家亚拉·阿尔·阿斯万尼来的那天晚上，太逗了。这些活动都是免费的，亚马逊网站上可没这些！

亚马逊这样的网上书店巨头可以把书的售价压得很低，让人很难与之竞争，那你认为独立书店还有没有生存空间呢？

我个人认为，大家开始逐渐厌烦整天对着电脑的日子了：上班时看着它，回家之后还要花更多时间看着它。他们需要一个放松的地方，一个能让他们放慢速度的地方，所以他们就会来到这里。

我们这儿有一个心照不宣的原则：我们必须负责为你选出好书。我们绝不会随随便便进货，然后往架子上一摆就完了。实际上，任何一本书上架之前都要经过仔细的评估，确保它确实是我们店里想要的东西。这也意味着我们的选书是平等的：大出版社和最小的出版社得到的关注时间一样多。有些书值得被更多人知道，但如果没有人热诚推荐的话，可能就不会有这种结果了。

比如说，我认为当今最优秀的小说家之一当属德国作家燕妮·埃尔彭贝克。她在此地不算出名，但她的新书是我们书店 2016 年最畅销的作品之一。我敢说，很多冒险读了她的作品的读者会对自己的决定非常满意。

还有，不要忘记阅读偏好并非一成不变：一个人的口味可能每年都不一样。偏爱印度小说的读者有可能很快就把注意力转向了政论文章。这跟吃东西差不

1　杰夫·戴尔（Geoff Dyer），英国著名作家，代表作《然而，很美：爵士乐之书》（毛姆文学奖）、《一怒之下：与 D. H. 劳伦斯搏斗》（美国国家图书批评奖决选）、《懒人瑜伽》（W. H. 史密斯年度最佳旅行书籍奖）、《此刻》（英菲尼迪摄影写作奖）。——编者注

2　泰茹·科尔（Teju Cole），美国新锐作家，代表作《开放之城》。——编者注

3　亚历杭德罗·桑布拉（Alejando Zambra），智利小说家，诗人。代表作《回家的路》《盆栽》《我的文档》。——编者注

多：你忽然间特别想吃某种东西，可自己也不知道为什么。所以，如果你眼下正对某一个主题的书特别感兴趣，而你也确切地知道，书店里肯定会有一位博览群书、对这个主题如数家珍的人，这难道不是很棒吗？对我们的员工来说，在这里上班远不只是一份工作而已。他们都是爱书如命的人，最开心的事情就是跟顾客交流阅读心得。正是这一点让顾客们一再回到这里来买书——与亚马逊截然相反。

The Standart Guide to Coffee in Prague

STANDART
指南
布拉格
精品咖啡地图

要说推荐欧洲的精品咖啡店，有谁能比迈克尔·莫尔坎更有资格呢？他出生在斯洛伐克，居住在维也纳，目前担任咖啡杂志 *Standart*[1]（有捷克语与英语两个版本）的编辑。在本期的咖啡特辑里，他为我们精选出布拉格城中他钟爱的、极有潜质的咖啡店铺。

撰稿 Michal Molčan
摄影 Jan Bartelsman

我能猜得到，当你看到文章标题中“布拉格”三字时心里在想什么：便宜啤酒、单身派对、东欧人的热情好客，还有面容俊秀的当地人。咱们且把这些先入为主的印象放到一边，布拉格，以及整个捷克共和国的创意、科技、美食和咖啡等行业已经生机勃勃地发展起来。

精品咖啡中的“精品”二字，既指的是咖啡本身的品质，也指的是人们的生活品质：这类咖啡为与它相关的所有人——从种植、生产、烘焙，再到品尝的人——带来的生活品质。然而，如果你走进一间北欧风格的、推崇“第三波精品咖啡浪潮”的咖啡馆，你往往会立即产生这种感觉：精品咖啡只是给一小撮文着文身的咖啡极客们喝的。这类咖啡馆的特色就是裸露的电灯泡和砖墙，还有自行车……嗯，你得有很多很多自行车。然而，在布拉格并不全是这样。

“这是一个此前从未存在过的行业。只是在最近这些年，咖啡的味道才好了起来。我们正在建造的是它的基础，这个行业将来会发展得非常非常大。”伦敦 Prufrock Coffee 的联合创始人格威利姆·戴维斯这样说。他是 2009 年世界咖啡师大赛的冠军，出于很多原因，如今移居布拉格（没错，“面容俊秀的当地人”也是原因之一）。

从墨尔本到哥本哈根，新一代的咖啡店层出不穷，尽管人们总是以为，光顾这种咖啡店的客人都是冷漠疏离的时髦年轻人，但事实却刚好相反。布拉格的咖啡图景充满生机，它多元化、国际化，带给人无穷灵感，还具备一种真正的社区感。

1 standartmag.com

Čokopišķoty
Kakao
Fíky
350 g
TAM DEM LÉTO
ESPRESSO
doubleshot

Místo

地址: *Bubenečská 12*
mistoprovas.cz/en

Místo 咖啡馆是传奇性的捷克精品咖啡豆烘焙商 Doubleshot 的最新尝试，你绝对愿意在这里拉开周末的序幕。在捷克语中，Místo 的意思就是“此地”——显然是个好店名。开在 Dejvice 住宅区中的 Místo 会令你的味蕾惊喜连连：用来自埃塞俄比亚（Ethiopia）的拉悠缇拉嘉（Layo Tiraga）咖啡豆新鲜冲煮出的咖啡蕴含着蜂蜜与热带水果的香调；这里的英式早餐的味道完胜英国本土的绝大多数店家；各式各样的自制甜品是充满负疚感的欢愉，不尝上几块你是肯定不舍得走的。

Doubleshot 烘焙为整个布拉格和捷克的精品咖啡业打下了基础。联合创始人亚拉·图赛克和他的梦之队——另外几位创始人以及明星咖啡师们——把 Místo 视为自己的“第三空间”。出色的顾客服务、考虑周到的店面设计、热情友善的交流、丰富的专业知识，都是这家店的制胜武器。

domova
ke schůzce
na rande
s kávou

Café Jen

地址: *Kodaňská 553/37*

cafejen.cz

在 Vrsovice 的住宅区里，林立着许多时髦的二手店铺和小酒馆。其中有一家小小的、低调的咖啡店，店面的位置比一般街道稍低，只有店门上方不显眼的名字告诉你，你已经找对了地方。不过可以确定的是，若是想来这里吃周末的早午餐，不提前几天订位你是肯定找不到位子的。这说明，超凡美味的咖啡不是吸引你上门的唯一原因。除了使用 Has Bean 出品的咖啡豆、冲煮完美的卡布奇诺之外，好吃得令人难忘的早餐和滋味美妙的甜点，样样都让人流连忘返。

永远面带微笑的咖啡师，还有悠闲惬意的顾客都会让你确信，你身边的世界确实慢了下来。虽然 Café Jen 并不属于那种“观光客必去之地”，但来这里闲坐一会儿绝对会物有所值。你会因为拥有了一个理想的周日上午而感谢我的推荐的。

café Jen.

EMA Espresso Bar

地址: *Na Florenci 1420/3*

emaespressobar.cz/en

明快、利落、生机勃勃——如果你想寻找一家简约流畅、柏林风格十足的咖啡馆的话，EMA Espresso Bar 是最好的选择。这家咖啡吧开在布拉格市中心一个熙熙攘攘的购物中心后面，一群群本地商务人士鱼贯而入，前来补充当天不可或缺的咖啡因。这家店非常重视产品质量，磨豆机中转动着的精品咖啡豆来自英国或德国的烘焙商，吧台后忙碌的工作人员中，有些是这个国家最优秀的咖啡师。

EMA 在城里还有个大哥: Café Lounge。这是一个风格优雅而古典的咖啡馆，长长的窗帷从天花板直垂到地面上，包厢里摆着雅致的扶手椅，刚好与年轻活跃的 EMA 形成了鲜明的对比——当然后者也同样出色。所以，如果你是来旅行的，刚刚到达布拉格，那就来 EMA 转转吧，这儿是国际学生和外籍人士特别喜欢的地方。点一杯澳白(flat white) 打包带走，跟咖啡师击掌告别，然后就可以朝老城区(Old Town) 的方向逛过去——走过去只需几分钟而已。

LIDOVÉ NOVI
Už každé druhé dítě
je nemanželské

Momoichi

地址: *Rimska 1199/35*
momoichi.cz.en

以日本的殷勤好客与工匠精神为目标，融合了新旧两种时代的精神，Momoichi 是布拉格精品咖啡中冉冉升起的新星。除此之外，在这期特辑中推荐的所有咖啡店铺中，只有这一家考虑到了饮茶群体的需求。店主从日本桃山时代日益精进的茶道文化中得到灵感，为店铺取名为 Momoichi，希望传达出平和安宁、相互理解的人生哲学。日式的芝士蛋糕、绿茶鸡尾酒、亚洲风情的早午餐，都让这里的远东风情变得愈发浓郁。

由日本著名精品咖啡豆烘焙商（比如 Obscura Coffee）提供的新鲜豆子研磨完毕，装入标志性的 Faema E61 咖啡机中。茶叶冲煮用的是未来感十足的 Alpha Dominche—— 咖啡师、高效率的蒸汽朋克风的机器设备，构成了一幅实实在在的人机协作的画面。Momoichi 是当今布拉格最独特的咖啡馆之一，虽然它的价格有点贵，但身处其中，你会很容易以为自己正坐在新宿某条街巷里的时髦店铺里。

青松多寿色

la marzocco
ALPHADOMINCHE
FILL

Super Tramp Coffee

地址: *Opatovická 160/18*

Facebook.com/supertrampcoffee.cz

在布拉格中心城区的旧楼之间，Super Tramp Coffee 不只是不好找而已——就像是有人专门把它藏了起来，故意不让游客和陌生人找到似的。绝大多数布拉格当地人都从没听说过的内部庭院更为这块藏匿起来的宝地增添了一种舒适的魅力。这里的咖啡师亲切友善，室内光线明亮，屋外赏心悦目。

原先，想要在布拉格中心城区里喝上一杯好咖啡实在不容易——我说的不是那种人头攒动、商务气息浓厚、平庸无奇的连锁咖啡店，但 Super Tramp Coffee 的出现一下子打破了局面。

想要来一次简短的商务会谈，或是想跟朋友找个地道的咖啡馆聊聊天，那你一定要到这里来坐坐，点一杯布拉格最好的意式特浓——这家咖啡店的豆子都来自国际著名的烘焙商，而且这份供应商名单不断有新名字补充进来。

Kavárna co hledá jméno

地址: *Stroupeznickeho 493/10*

Kavarnacohledajmeno.cz

许多走简洁路线的意式咖啡吧都千店一面：无论在世界的哪个区域，都能看见这种迷你型的店铺，面积小小，桌椅也都像是儿童型号的。如果你对这种咖啡店感到厌倦，Kavárna co hledá jméno 的阔朗一定会让你大吃一惊。坐落在新兴的 Smíchov 区（这个区域经常被当地的咖啡圈子遗忘），这家咖啡店宽阔的、工业风格的院落一定会让你放松下来，各式家庭风味的汤（一定要点番茄汤！）和种类众多的捷克精品咖啡烘焙商供应的豆子一定会让你心满意足。

这家店是一个 NGO（非政府组织）组织开办的，这个组织管理着一个承办特色体育运动和其他活动的场所，离咖啡馆只有几步之遥。如此一来，整条街都变成了一个文化中心。顺便说一句，店名直接翻译过来的话，意思是"正在征集店名的咖啡馆"。所以，当你舒舒服服地喝完了咖啡之后，可别不好意思，要大胆地把你的好建议告诉店员！

RADLICKÁ
2016
BAN CULTURE GAM

You look
always righs
Look
lefs

Coffee Room

地址: *Korunní 1208/74*

Coffeeroom.cz

这家店大概是品尝手冲咖啡的最佳选择。他们家的咖啡风味丰富又平衡，就是滴滤咖啡该有的样子。店里的咖啡豆来源广泛，从柏林到阿姆斯特丹的烘焙商都有，店招上写着关于咖啡的诙谐字句，仿佛远远地向你招手。某天下午，如果你想喝杯咖啡，顺便翻翻各种关于旅行、时尚和美食的独立杂志，那 Coffee Room 真是最完美的选择了。

我非常推荐你在 Vrsovice 区租个酒店房间过周末，因为 Coffee Room 就开在这个区，他们家的早餐非常美味，吧台后的各式甜点也充满诱惑。

最后再说一点: Coffee Room 就要推出自制的甜甜圈了。不管你是什么身份，咖啡杂志出版商也好，咖啡师也好，烘豆师或是咖啡老饕也罢，咱们都是真心爱咖啡的人啊，可是，咬上一口松软、热乎、新鲜出炉的甜甜圈，那一刻的心醉神迷，简直就像是背叛了自己的咖啡情人。不过，你懂的，发生在布拉格的事，就永远留在布拉格吧！

MOŠT 30
FENTIMANS 56
CIDER 55
WOSTOK 48
DOM LIMONÁDA 50
KOLA 48
STANDART

Kafe Karlín

地址: *Sokolovská 46/51*

Kafekarlin.cz

站在柜台后的这两位先生可要为一件大事负责：几年前，他俩颠覆了许多布拉格人对咖啡的印象。在那个“优质咖啡加上炫技拉花”尚未流行开来的年代，亚当和兹德涅克这两个“傻气”的先行者用精品咖啡拓宽了许多咖啡爱好者的眼界。坦白讲，他俩改变了我们对咖啡的态度，以及我们创办 *Standart* 杂志前的职业道路。 对他们的感激之情真是一言难尽啊。

他们先是创立了一家名叫咖啡俱乐部（Coffee Club）的公司，在农贸市场里售卖新鲜冲煮的咖啡，还组织一系列活动和培训课程，最后，他们终于开了自己的意式咖啡吧。Kafe Karlín 坐落在时尚的 Karlín 区（这也是店名的由来），在这里你能喝到完美的拿铁，还能见到许多在创意行业工作的顾客。店面虽小，却有一流的意式特浓咖啡——咖啡豆用的是自家品牌，甜品的种类不算多，但咖啡师们焕发的活力似乎永远也用不完。

Czech Bar Awards
2014
CUP

KOLD
KAFE
Ethiopia Wote

kafeKarlín

手作

Craft

Create
创作

Photograph by Samantha Stocks

Offcut

Back to the Start

创业家阿德里安·泰勒冒了一个险：他离开了新西兰一流的新闻频道，放弃了风光的记者生涯，回到遭受地震重创的基督城（Christchurch）创立了两家公司。

撰稿 Talia Carlisle
摄影 Thomas Seear-Budd

阿德里安·泰勒居住的这个城市，一次又一次地在地震的余波中重建，而从记者转行成为商人的他，一向就具备创业者的气质。在新西兰最顶级的电视台（TV3 News）做一名出色的新闻记者并不能让他满足，在业余时间里，他爱上了家具制作这个嗜好，还尝试了好几个副业，包括创立一家制作领结的公司，不过这个计划没能真正实现。

但是，每一次尝试都锻炼了他的能力，也坚定了他的决心，帮助他最终创立了两家——而非一家——截然不同的企业：注重环保的帽子制作公司 Off-cut[1]，以及将家具制作者和注重品质的顾客连接起来的网上社区 Bamtino[2]。Bamtino 是他创办的第一家公司，灵感源自他在 TV3 News 工作期间培养起的亲手制作家具的嗜好。由于业余时间有限，朋友们给他下的家具订单他实在忙不过来，所以阿德里安就着手寻找能帮自己代工的家具匠人，可是他发现，“在网上很难找到人帮你做家具。”他还发现，用惯了 Pinterest（一个图片社交平台）的这一代人都有非常独特的想法。就这样，他看到了一个市场需求：有一些顾客能够描述清楚自己想要什么，只是缺少匠人帮他们量身定制符合需求和创意的家具。

可是，要想把这个想法变成现实，需要踏实苦

1 offcutcaps.com
2 bamtino.com

干和资金，随之而来的还有生活方式的巨变。做成Bamtino的第一步，是被一个名叫Lightning Lab[1]的创业加速器录取。这个驻扎在基督城的机构为甄选出的创业计划提供种子资金、创业指导、实习生、顾问，以及由基督城市议会提供的、几乎为期一年之久的免租金办公场所。但是要想得到这些福利，并全身心投入到Bamtino的事务中去，就意味着阿德里安必须离开繁荣的奥克兰（Auckland），回到遭遇地震袭击的故乡基督城去，直到他能负担自己的薪水为止。时至今日，他的一些同事（还有他妈妈）依然不能理解他为何要这样做。

“十几岁时我一心想要离开这里，但如今我非常喜欢回家的日子。”他解释道。震后的基督城里，创意开始复苏，这一切并没躲过阿德里安的眼睛。社区花园、街头艺术、公众自发组织起来的活动……每一个街角都能看到。“这座城市正在朝着新方向努力，希望能变得比之前更好，能够参与这样的改变、帮助它呈现出全新的样子，是多么激动人心啊。”

随着城市的改变，一座座新楼拔地而起，阿德里安的创想Bamtino渐渐发展壮大起来。如今公司在GreenHouse[2]里办公，这是一个由旧妓院改建而成的创业中心，周围的一堆堆碎石是原来的基督城大教堂留下的断壁残垣。公司与许多家具匠人展开了合作，比如来自家具设计品牌Chisel and Vice的雅各布－斯凯・汤姆森，如今完全依靠Bamtino来接订单。消费者也从这个平台上受益：由于免去了商店这样的中间环节附加的巨额差价，许多定制的家具产品可以用更便宜的价格买到了。

Bamtino起步之后，新学到的知识让阿德里安又想到了一个新点子，如今他正自豪地把成果“戴在头上”——在Lightning Lab期间，他创立了另一个公司Offcut，用高品质的布料做成帽子。这些布料来自像他父亲这样的供应商：阿德里安已退休

1 lightninglab.co.nz
2 green-house.co.nz

右图
雅各布－斯凯·汤姆森与阿德里安·泰勒

的父亲是个窗帘布料批发商，经常把用不着的新布料扔掉。当阿德里安听说这些布料要被运往垃圾填埋场的时候，他问父亲是否可以把它们做成帽子。

“这想法相当酷，因为这些布料全都非常独特，价钱还特便宜，”他说，“大家都很喜欢，而且背后的故事也很不错。”最近的产品还没正式上市就已经被抢购一空，其中还包括与 Hypnopencil 和 Swanndri 这样的新西兰著名品牌合作的款式。Offcut 的首批帽子大获成功之后，阿德里安逐渐在布料行业以及澳大利亚和斯里兰卡的服装生产商中积累起关系和人脉，准备推出更多又酷又环保的时尚产品。

Your furniture is a reflection of you.
Make it beautiful.
WWW.BAMTINO.COM
FROM HERE.
CRAFTED.
FOR YOU.

阿德里安认为父亲是自己的商业导师，并且启发了他创立 Offcut 的灵感。但母亲才是那个教导他重视环保的人。阿德里安深信，人生不应该只为了赚钱，他非常敬佩 TOMS 这样和他有着相同价值观的公司。这家制鞋公司每销售出一双鞋子，就为残障儿童捐献出一双。这促使阿德里安开始思考一个问题：“除了把原本就要送往填埋场的废料利用起来之外，我们能进一步做些什么？能不能回馈环境，再做一些对环境有益的事？”通过“为未来植树”（Trees for the Future[1]）这个组织，Offcut 每销售出一顶帽子，就会在撒哈拉沙漠以南的非洲地区种下一棵树。阿德里安的终极目标是每售出一顶帽子，就在新西兰种下一棵树。“在这个国度长大的人，不可能不感念这里的优美环境和壮丽风景。”说这话的同时，他正在开阔的户外为未来的产品寻找灵感。

虽然需要同时管理两家初创公司，还要在工作与生活中寻找平衡，但阿德里安对公司的未来有很高的期许，绝不只是为自己发得起工资而已。“我的目标是要把这两家公司都做得非常成功。对 Bamtino 来说，我想打入商业空间，做出革命性的颠覆；对于 Offcut，人人都有脑袋呀，所以我有 70 亿个潜在客户！”

他对初创企业的建议是，只要你愿意沉下心来做事，处处都有钱赚：“有许多创意挺糟糕，却运转得挺好，也有很多创意虽然精彩，却经营得不怎么样。或许两者间唯一的区别就是坚持。你会犯一大堆错误，出很多次糗，可是渐渐地，你的成功开始比失败多，就这样一直坚持下去吧。”

1 treesforthefuture.org

艺与人
从平面设计师
到插画家

Artist Spotlight

Shyama Golden

因充满幽默感的巨幅画作而闻名的夏玛·戈尔登[1]从平面设计师变身成为插画家，最近，她的兴趣又从油画转移到了 iPad 上。

采访 Elliot Jay Stocks
作品图片 courtesy of Shyama Golden

你一直想做个插画家是吗？

是的。非常小的时候我就开始画画了，但我大学念的是平面设计，然后专心做平面设计差不多做了十年。不过，我上的那所学校其实特别重视工作室艺术，我觉得它比绝大多数同类学校都更为传统吧。我还做了很多丝网印刷，非常喜欢，因为你既要像设计师一样会解决问题，还要像插画家一样画得好。我做平面设计的时间真挺长的，但内心深处总想多画一点。

1 shyamagolden.com

最近我已经完成了转型：现在品牌和标识设计是我的兼职工作，绝大多数时间我都用来画插画了。即便是做品牌设计，我亲手画的也比用其他设计形式的多。

最近我还上了个字体设计的课，这也是从手绘开始的：你要先把字母的样式亲手描画出来，然后再开始微调出平衡感，这正是我非常喜欢做的事。

你是什么时候放下了平面设计，转向专职画插画的？变化是怎么发生的？

以前我画了很多大幅油画，这对我的转型很有帮助，因为看到这些作品后，人们会觉得我确实能画插画，这让我接到了更多工作。不过那些大幅油画并不是别人出钱让我画的，纯粹是我自己喜欢。最初，我还在全职上班的时候，只能请一周假回去画画。我

会尽量把假期延长，这样画作才能有实质性的进展。后来，转成自由职业之后，我就可以留出几个月的时间来画了。

也就是说，要想接到这样的工作，就自己先做起来。

没错。要是这事你从来都没做过，你肯定不能强求人家信任你，还付钱给你吧。你必须先行动起来。

你的工作流程一般是什么样？

刚开始画的时候，我最喜欢的方式是油画。最初简直是灾难一场，因为我把配比全搞错了，一张画要好几个月才能干透。我是按照书上给的配方弄的——传统的方法是用大量的油，两百年前的画家们有时间等着每一层干透，可我不可能花一个月工夫等这层干了才开始画下一层呀。我试了几种技法，最后用非常

少的油加上高品质的稀料，这样下来，每一层大概一两天就能干透，我就可以连续工作，直到把画完成。

最近我买了一个12英寸屏的iPad Pro，带触控笔的那种。多年来我一直用Wacom Cintiq（一款优秀的数字艺术平板电脑）来画数字插画，刚用iPad的第一周，我以为它的性能不会强大多少，但当我找到适合自己风格的工具之后，一切就得心应手了。现在我画插画的时候更喜欢用iPad而不是Cintiq了。斯派克·李[1]肖像系列就都是用iPad做的。这个作品有很多有趣的地方，因为它是个动画。绘制中把Photoshop（图片处理软件）结合进去，有时再用上After Effects（视频处理软件），可以发挥的空间就非常大。我最近还在用它探索画油画的创意呢。

你有没有遭遇过创意受阻的时候？你会做些什么来缓解？

去年绝对是我的阻滞期啊，我基本上都没拿出什么作品来。

我想创作总有高低起伏的时候吧，而且现在我发现，最好不要为此苛责自己；总是能从低迷状态中走出来的。很难说这种时候我会干点什么具体的事，但我想，只要你不断画下去——哪怕画得很糟——也会有帮助。

在创意低潮的时候，我还会做的事情就是去上课。去年我上了门字体设计的课，一门做鞋子的课，还有陶艺课。我还画了很多人体素描，在纽约这种机会到处都是。这些课里头有很多我都不擅长。我手太笨了，搞不定陶艺转盘，一件作品也没烧出来，不过这是个好方法，能逼着我自己做些创作。

还能让你从另一个角度解决问题？

1　斯派克·李（Spike Lee），美国电影制作人、导演、编剧、演员，2015年8月，他获得第88届奥斯卡终身成就奖。——编者注

一点没错。虽然这些课并不能直接帮我解决问题，但是，处在创意低迷时期的时候，学点新东西总能让你振奋一点。我还会用一些网上的教程来学东西，而且我还是那种依然会去公共图书馆的人哪，这种人现在可不多啦。

你有没有那种“典型的一天”？不管是给客户做设计还是自行创作。

现在有的。2016 年我开始去办公室工作了。之前我基本上都在家里工作，但现在既然我可以用 iPad 干活了，我就去我兼职工作的办公室，在那儿做事。去一个跟工作有关的地方，而且有人在你身边，这种感觉很好。

你是学传统艺术的，那么，启发你的是那些传统型的艺术家吗？

启发我的人有好多好多。我尽力不让自己“偏向”某一个艺术家的风格，但我觉得有许多人能影响你是很重要的，这样你的作品就是诸多风格的融合，其中也包括你自己的。

在你接的设计工作中，哪种项目让你最激动？

我觉得红牛音乐学院（Red Bull Music Academy）的项目是我近期最心爱的，因为我喜欢做跟音乐相关的工作，也喜欢给有趣的人画肖像。

从技术上说，做这个斯派克·李肖像系列时，客户没给我限制，让我想怎么做就怎么做。他们只是想要一部动画作品来向斯派克致敬。我想，创作上的自由也给了我很大的动力，因为我不能让客户对我失望。我选了六个他最经典的银幕形象画成肖像画，做成切换的动画效果，而且每个切换画面中都体现出那个角色的特色。拿到这个作品之后，他们又给了我一个活儿：再做一个动画来表现“底特律电音”（Detroit Techno）的大腕们，画面中要有他们的面孔，但是在动画切换中，要用线条画展现出每个人最著名的音乐风格。

我喜欢做那种真的很有挑战的事，别人相信我，让我自由地做研究，然后提出自己的想法，这多酷啊。

所以你是不会完全放弃为客户做设计的对不对？因为这种工作会给你自发创作中没有的挑战。

是的。我喜欢为美术指导们工作。这种工作更有合作的感觉，而做自己的创作时感觉不到。一般来说他们的反馈都真的很有用。

我觉得啊，在艺术家和插画师之间是有一条分界线的。我很想知道你对这两者的区别有什么看法。

我对这个问题的理解是，艺术家就是用作品来表达自我的人，而插画师是在传达一个更为具体的想法。这两种角色难免会混合在一起，但就看各自占比例多少了，这个比例决定了你属于哪种角色。

LOTION
BLÜ WASH
100% NATURAL
82% ORGANIC
SOOTHING · CALMING · GROUNDING
BLUE CHAMOMILE · CEDARWOOD · VETIVERT
BLÜ LOTION

纯净自然，
身心皆美

Raising the Bar

曾经是心理医生的路易莎·坎汉
走进了手工皂的世界，此后，
遇到的人和学到的经验将她的事业
一点一滴塑造成型。

采访 Louisa Canham
作品图片 Samantha & Elliot Jay Stocks

我从小在希腊长大，幼时的记忆中细节已经不多，但印象却依旧鲜明。明黄与湛蓝的地平线，蟋蟀的叫声，脚下滚热的沙子和岩石，还有交织在一起的怡人芬芳：山上的野生药草、茉莉、洋甘菊、橙花。这感性的背景音乐带我回到那些性格初成的年月，我发现，小时候的大多数时间里我都在做手工。在我的人生中，手作像一条从未中断过的线，不过，直到最近这几年我才发现，其实它可以在我的生活中占据更重要的位置，而不只是余兴消遣而已。

22 岁那年我进了牛津大学念博士，毕业后成了一名心理医生。由于我对儿童和青少年心理问题很感兴趣，超过十年的时间里，我一直与儿科护理领域的年轻人合作，也治疗身心受创和寻找庇护的孤儿、患有自闭症和学习障碍的儿童、有饮食失调问题的青少年，还有入狱的少年犯。从我个人角度看，这是一个很有趣、收获也非常大的时期，那些我有缘遇到的家庭，他们的人生故事给我的启发和感动让我至今还会不时想起。然而，一直面对人生的脆弱一面是不容易的，到了一定程度之后，特别是在我自己做了母亲之后，我发现，我想追求一种更温和、更疗愈的生活，来中和那段日子带给我的冲击。

2011 年夏天，未来的种子播下了。当然，当时我并没有意识到，人很少能在当下某个时刻就预测到事情的深远意义吧。那时我正在探访一位多年老友，她是个竖琴师，在雅典郊外过着相当自给自足的生活。她从橱柜里端出一托盘肥皂给我看，凝脂般的皂块被随意地切成大块，散发出微微的清香。我吃了一惊。这种集功能与美感于一体的东西是怎么做出来的？虽然我现在已经很清楚地知道答案，可在那时我还从来没想过这个问题。在地中海的艳阳下度过几周之后，我带着灵感和一本讲手工皂制作的书返回了牛津，我买回瓶瓶罐罐和原料油，只要一有时间我就试着自己做。

简单来讲，肥皂就是经皂化过程——当油脂中的酸与强碱溶液相遇时发生的化学反应——而生成的盐类物质。做肥皂的方法有许多种，但在传统的冷制法中（也是我始终采用的），配方是最最重要的，选择哪几种油脂，既要看它们各自为成品带来的物

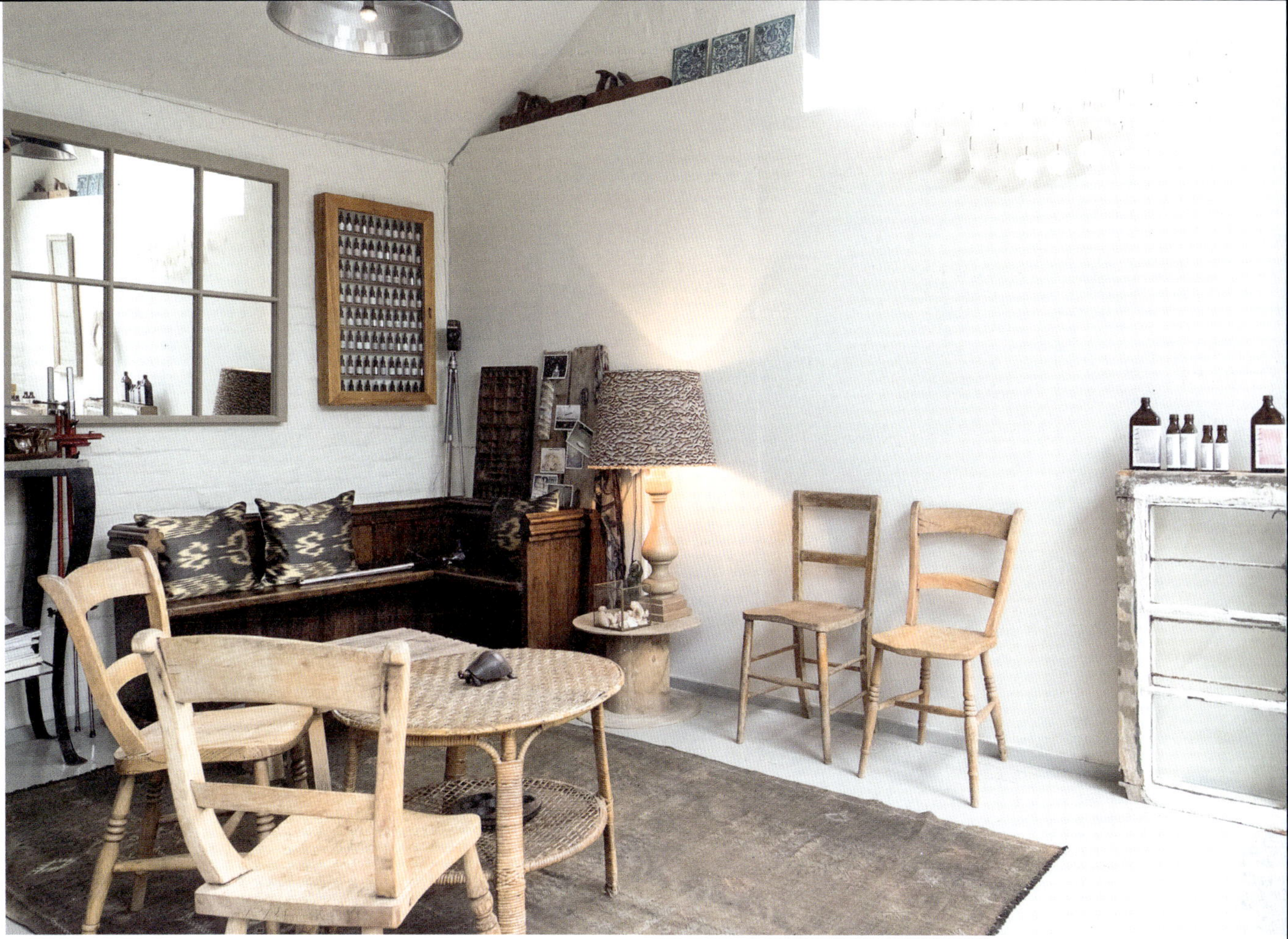

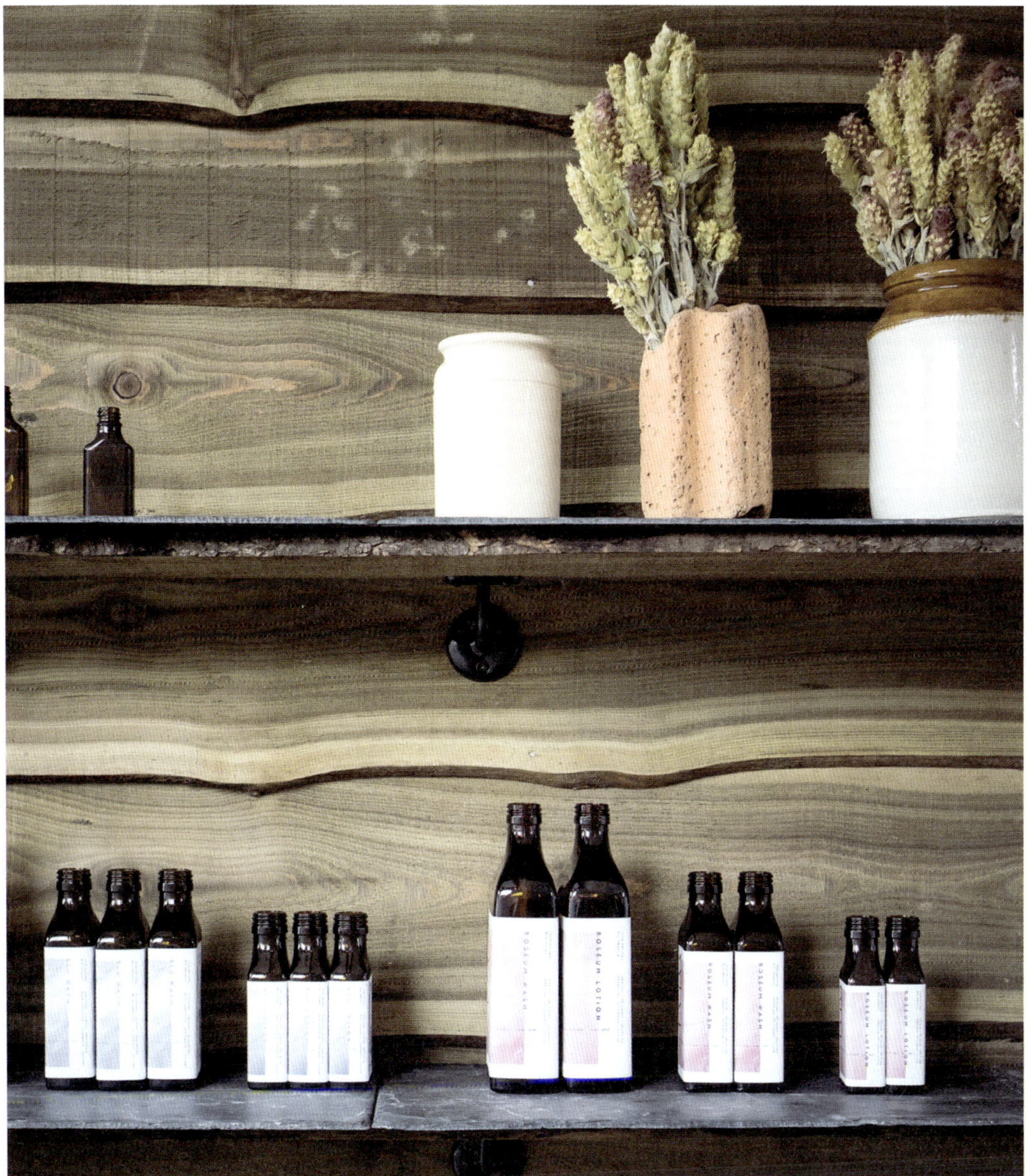

理性质（比如硬度、稳定性、泡沫丰富程度），也要看它们对肌肤的好处。制作时要精确地控制温度，然后把油脂与氢氧化钠混合均匀，直到混合物变成浓稠的糊状为止，此时加入精油和干料成分，比如黏土或辛香料——选择它们的原则也是功能性与美学价值兼备。把尚为液态的皂糊倒入模具中，再用毯子把模具包裹起来，帮助这团正在变硬的混合物维持住因化学反应而自然产生的温度。一天之内，大块的肥皂就可以从模具中脱出来了，把它们切成小块，再放置六周左右，让它们风干并彻底完成皂化反应。在这段成熟期内，皂块中的碱性充分降低，令肥皂变成一块细腻密实的、由各种天然元素组成的混合物。

我从没想过去上个手工皂课程什么的，上课大概会很有用，但是，正是因为知识和技法不够，对制皂过程中化学变化的探索才让人惊喜连连。或许，这是因为在经过了许多年正统的学术训练和职业历练之后，我格外喜欢这种自由主动的学习风格吧。不管怎么说，对手工皂的痴迷和直觉引领我不断地尝试，我遇到失败也遇到成功，慢慢地，我摸索出一套独特的配方，也建立起了自己的美学风格。无论是对于制作者还是使用者来说，手工皂都是视觉、质地、嗅觉等诸多元素的独特组合，而这些元素既独立也协同地与皂块的基本配方和主要目的——清洁肌肤——关联在一起。Synesthesia，意思是“共感”，这是一个来源于古希腊的词汇：syn 即 σὐν，意思是“共同”，aisthesia 即 αἰσθησις，意思是“感觉”。受到这个词的启发，我提炼出了自己的制皂理念，而且始终没有改变过：手工皂的成分、质地、设计和香气应当围绕着同一个目标，且和谐自然地融为一体。

2013 年末，我决定把一些配方提交给相关部门做美容用品方面的审批；我很想知道它们的安全性能不能达到大面积推广或售卖的程度。我并没有明确的下一步计划，若是真的通过了检测，我也没想好该怎么办。然而，检测结果出来后没多久——我的配方相当好——我决定暂时离开心理学行业，回归时间就先待定吧。2014 年，我和两位密友茱莉亚·

沃克和弗吉尼娅·维利奥蒂打算一起做点事情，我们后来称它为“手工皂世界”。我们在牛津郡郊外开了一间手工作坊，这一两年间它慢慢地伸展羽翼，把产品铺进了集市、音乐节和当地的几家商店。毫无疑问，我们每一步都犯过错误：由于设备效率不够高，也缺乏批量制作的经验，我们损失了许多产品；事后才发觉制皂过程可能存在健康和安全方面的隐患；而且我们总是觉得自己在“重新发明轮子”，经常把太多的时间和精力浪费在相对并不重要的细节上，反而没有去解决更重要的问题。我们的工作时间很长，绝大多数周末都要去市集摆摊，这真是个体力活儿，尤其是在冬季。然而，在脚踏实地的苦

干之下，再加上家人和朋友们无价的支持，我们渐渐积累起经验，对于要做什么也越来越清楚了。随着对有机运动的信念越来越坚定，我们与土壤协会（Soil Association）[1]建立了紧密的联系，还与一个家族式经营的有机农场建立起了合作关系，因为他们能够生产我们正在研发的新品，比如液体皂和润肤露，我们自己那间初级的工作室可没法生产这类产品。

2016 年早些时候，我们走到了岔路口。茱莉亚和弗吉尼娅出于非常充分的理由，同时也为了配合自家生活的发展，退出了我们的“手工皂世界”，不过她俩依然是不可或缺的，也会以多种方式继续参与它的发展。而从我的角度来看，我感到，现在该把我们已经取得的成果做一番精挑细选了，我需要好好地想一想，把它们打磨得更加精致，好让它们走得更远。经过了过去几个月的不断思考——实际上这些东西已经在我心里早已酝酿多年——LA-EVA[2]诞生了。在拉丁语中，laeva 的意思是“中心偏左”，同时 Eva 也有“生命、生活、生命之母”的寓意。新的合作伙伴加入进来，比如一位崭露头角

1 soilassociation.org
2 la-eva.co.uk
3 rose-mariecaldecott.co.uk

的艺术家罗茜－玛丽·考尔德科特[3]，我们的工作室建在同一个锯木厂里，共享一块庭院。她优雅缥缈的画作装点在我们新产品的玻璃瓶身上，就像大理石一般美丽。

等到这期杂志付梓印刷的时候，LA-EVA 也会正式问世了，她代表着自然、时尚的优雅，灵感来自于有机之美，以及对手作的热爱。对我个人来说，这段刚刚展开的旅程意味着，带着一颗觉知的心，调动我们的感官去细细体验生命；以深入的觉察，去赞颂纯粹的美好；它还意味着，既要颂扬独立的灵魂，同时也要与他人建立连接；它意味着被生命和自然打动，被它们之间的化学反应和潜质打动。这段旅程关于简约，也关于复杂，还关于我们做出的选择：有时候，这些选择恰巧出于那个“中心偏左”的地方——从心出发。

TOGETHER WITH THEIR PARENTS
TWO THOUSAND AND SEVENTEEN

Enduring Crafts

Screen Printing

丝网印刷有着悠久的历史，但魅力始终未减，如今，这种工艺迎来了复兴。且由丝网印刷技师乔尼·埃克斯带领我们去看一看它的源头与现状。

撰稿 Jonny Akers　　**插画** Ed J Brown
摄影 Elliot Jay Stocks

最基础的丝网印刷可以追溯到两千多年以前。无论是在香蕉叶上刻出镂空图案，再把天然染料涂刷上去，还是把人的头发在框子内绷紧，做成印网，早在很久之前，世界各地的人们就已经在使用丝网印刷的技法来重复印制图案了。

我首次接触丝网印刷是在2004年，当时我在利兹市（Leeds）修习艺术学位。听了对丝网印刷工具的简要介绍之后，我就开始用它了。整个求学期间我时不时就会做一次，但我从来不曾预料到，有一天我与它的距离会如此之近。

如今，我和太太夏洛特一起经营着一家名叫The Old Market Printing Co的婚礼纸品店。她负责画手绘字母、插画和设计，我们使用厚实的纸张、含有金属粉与荧光效果的墨水，印制出简洁、摩登、独具个性的婚礼纸品。

我非常喜欢亲手制作和印制的感觉，这也是我始终没有添置自动印刷机的原因之一。我觉得，一旦你不再亲手把油墨刷过丝网，印刷的过程就会变得太商业化，失去了印制的魔力。用双手操作时，我能够充分掌控印制效果，而且在这个过程中，过去十年里我积累起的经验和能力也能发挥更大的作用。

对亲手做丝网印刷抱有巨大热情的不止我一个。最近，手作呈现出强劲的复兴势头，丝网印刷也在其中。各种各样的相关网站开始出现，售卖各种用日常物件制成的手工丝网印刷基础工具，想尝试的

人无须购买那些专业级的设备也可以开始。这让丝网印刷变得触手可及，鼓励了更多人在自家的空余房间或地下室里摸索尝试。

为何现在有这么多人爱上丝网印刷？我想主要原因之一就是，大家并没想把它当作谋生手段，而是想培养一个新爱好，或是学门新手艺，这件事花不了多少钱，但立即就能看见成果。同时丝网印刷也是一门传统技艺，或许大家也是出于对古早技法的兴趣吧。

也有可能，从根儿上说，把油墨刷到纸上的动作本身，向来就是非常有趣的。

在最早期的丝网印刷中，人们把头发粘接到木框上，然后用它把染料转印过去。工艺中的一大突破发生在中国的宋朝，人们开始使用丝绢来做转印，这样印出来的色彩更加均匀平整，可以表现精细的细节，重复印制时图样也比较不容易走样。

没过多久，18 世纪末，丝网印刷的技术首次传入欧洲。一个名叫塞缪尔・西蒙斯的英国人在 1907 年申请了专利，因为他担心别人把他秘密的印刷技术偷走。他用这种方法为富人们印制墙纸，把花样印到丝绸和亚麻上。此时，印版还是用浸透了油的纸做的，防止被染料浸湿。一直要到 20 世纪，照相用的感光乳剂才被发明出来，从此永远改变了整个商用丝网印刷行业。

感光乳剂发明之后，印版就没那么容易被损坏了，大批量印制从此成为可能。1960 年，一个名叫迈克尔・瓦锡兰通的男子发明了一种可以旋转的印刷机器，也

就是现在的“圆盘传动式印刷机”，可以用来批量印制T恤，而且图案还是彩色的。过去五十年来，在一个小时内印出成百上千件衣服的商用印刷机出现了，美国也因各式各样的彩印T恤和衣物装饰而出名。

商用丝网印刷机适用的材质非常广泛。无论是使用导电“铜墨水”印成的电脑电路板，还是用油性墨水在塑料瓦楞纸上印出“降价促销”的字样，我们每天接触到的商用丝网印刷产品数不胜数，只是大家可能都没意识到而已。在商用丝网印刷领

域，无论是丝网的曝光和回收，还是印制过程本身，人们不断使用新技术和更高效的方法来改进工艺流程。有了自动的圆盘传动式印刷机和真空台，印刷无须人手操作了。一个人就可以独立操作一台圆盘传动式印刷机，有时候还可以同时操作 24 块印版和 24 块丝网。机器通过数字触控板来设定，从橡胶轴的角度到丝网与承印物之间的距离全都可以调整。一旦设定好了，在极短时间内印出上千件成品是轻而易举的事；唯一需要用手操作的地方就是把装着 T 恤或纸张的托盘送进机器，印好之后再把它们取出来。

另一方面，艺术家和手作人使用丝网印刷的方式是不一样的，他们更愿意把它叫作“绢网印刷”（serigraphy）。在大学里，它并不是独立的一门课程，而是学习摄影、美术、曲面与纹样设计或以设计为基础的专业的学生们经常使用的一种技法。

无论你是通过哪个领域学到丝网印刷的，你只需要亲自用一用它的工具——不管多简陋都没关系，然后就放开手脚，用自己的方式去自由地探索它的各种用途吧。

夏洛特和我选择亲手做丝网印刷，这样我们就可以探索新的设计方法，以便实现特定的印刷效果，比如色彩渐变。当你一次只印一张海报或纸样的时候，你可以使用隔色墨斗——把一种颜色混在另一种里，直到得出无缝渐变的效果。然而，当你要用一张丝网印出好几张一模一样的作品时，隔色墨斗就不管用了。所以，我们就把图样设计成双色，每一层用一块网目铜版，让两种颜色实现无缝过渡。裁切开之后，每张请柬都会呈现出一模一样的渐变效果。

我想，这是一个好例子：在传统的印制方法中融入电脑软件和商业设计的手法，而不是让印制方法局限了成品效果。也就是说，要把新旧融合在一起，得到你想要的东西。

乔尼教你做丝网印刷

❶

首先，把你要曝光到丝网上的图案准备好。传统方法中，你可以用厚纸裁切出镂空模板，也可以用光栅图，或是某种能够阻挡紫外线的遮蔽膜。或者，你也可以直接把作品画在菲林上，或是把手绘图案扫描进电脑，做成光栅图或矢量图，把图修好之后直接出菲林。这里面有几个关键词：分色、正片、膜片制版。

❷

第二，你需要根据油墨或承印物来选择合适的丝网。如果你打算把图案印在布料上，一般选用目数为 43T 的丝网，若是印在纸上，就要用 120T 左右的（T 是目数单位，指的是每平方英寸中有多少根线，反映出丝网的精细程度）。每平方英寸中线的根数越少，印制时就会有越多油墨渗下去。如果你要使用含有金属粉末或非常不透明的油墨，就必须要考虑好丝网目数，因为这种油墨需要低目数的丝网。

❸

接下来，你需要把丝网刷上一层感光乳剂，然后把印面朝下，放在温暖干燥的地方晾干。你可以决定感光乳剂层的厚薄：想要厚的话，就来回多刷几遍，只想要薄薄一层的话，就把丝网背面透出来那一层刮掉，全看你要印的是什么材质。例如，像婚礼请柬这样的纸品只需薄薄一层乳剂，而如果是印 logo（商标），或是在黑色 T 恤上印白字，丝网上的乳剂层就要厚一点。乳剂层的厚度决定了印制时油墨通过的量。

❹

一旦感光乳剂干透，就可以进入晒版步骤了。当丝网在紫外光下曝光，被光线照到的感光乳剂会凝结起来，而被印版中的图案挡住的部分就不会，这些未经曝光的乳剂可以用水洗掉，这样一来，你就得到一张正向的“镂空”印版了。曝光时间要根据晒版机的类型、感光乳剂的种类和厚度、丝网目数来决定。一般来说，丝网目数越低，曝光时间就应该越长。这是因为低目数丝网沾上的乳剂更多，乳剂层更厚，所以就需要延长曝光时间，好让乳剂充分凝结。曝光过后，把丝网上的乳剂冲洗干净，放在温暖的地方晾干，就可以开始印刷了。

竹子自行车俱乐部

Bamboo Bicycle Club

蕾切尔·格尼采访了竹子自行车俱乐部（Bamboo Bicycle Club）[1]的联合创始人詹姆斯·马尔，谈起这种让人们在英国及其他国家的路上顺畅骑行的低调材质，以及把骑行爱好者聚集在一起，创造出他们最心爱的自行车的快乐。

撰稿 Rachael Gurney

摄影 Kasia Fiszer

1 bamboobicycleclub.org

BAMBOO BICYC

竹子几乎是“大熊猫的食物”的同义词，在选择耐用又应用广泛的材料时，人们很少会立即想到它。然而，在世界各地都有工坊在使用这种修长、强韧，同时又很轻的植物。人们骑着用这种高强度的优美材料做成的自行车，在熙熙攘攘的城市街头骑行。从伦敦到新加坡，爱好者们骑着它探索新路，还有人带着它在美国西海岸旅行或登山。

伦敦东部，奥林匹克体育馆投下的巨大阴影中，有一座看似荒废了的庭院，四周高耸的写字楼俯瞰着它。这个院子与四周的建筑形成了鲜明对比，明快的艺术品装饰在百叶窗和门上，衬托出它独特的个性。从底部的门缝看进去，里面一派忙碌景象，传出的笑声打破了伦敦周日早晨的宁静。屋内，几个人正在专心致志地忙着手上的活儿：有人在锯东西，有人在用砂纸打磨、测量，还有人在摄像或喝咖啡。

核心人物就是詹姆斯，倒不是说他天生爱表现，而是因为他如此彻底地沉浸在最喜欢做的事情中，以至于所有的拘谨都不见了。他在屋里来回穿梭，时而给人提提建议，时而给人加油鼓劲，时而递过一罐罐胶水。就这样，五辆外观完全不同的竹子自行车逐渐成型了。

不过，詹姆斯也不是一上来就是竹子自行车专家的。他出生在威尔士中部的山区，职业是工程师，但特别喜欢自行车。在全职工作的同时，他和朋友伊安・麦克米兰（竹子自行车俱乐部的联合创始人）开始试着用竹子给自己做自行车。“我想实现一个梦想：用上我们工程师的知识和技能，做些热爱的事，”詹姆斯对我说，“我发现自行车行业有个令人不齿的特性：不要的车子就被扔掉了。我希望能创造出一种产品，向这种浪费提出挑战。但我不想用那种冰冷坚硬的企业式风格，我想要那种充满激情的感觉，把对自行车和创新的热爱摆在第一位，让成就和满足感成为关键。”因此，一个由少数人组成的工作坊是最完美的做法，大家聚在一起，设计和装配属于自己的竹子自行车。詹姆斯既可以实现“做

热爱的事”的梦想，同时还能结识各地同样心怀激情的朋友，教会他们制作独特的东西。

后来他辞掉工作，独自运营这个项目，渐渐地感兴趣的人越来越多，有的想要参加工作坊的课程，有的想买他的“在家自制自行车”工具套装。他每月举办两次工作坊，场场爆满，而且每次都至少会有一个来自国外的学员。大量工具套装销往世界各地，发往美国的每个月就有三套。

詹姆斯还跟伦敦的牛津布鲁克斯大学展开广泛合作，请他们测试竹子在自行车制作中的性能表现。结果是，竹子的减震性能非常好，能让骑行感受变得更加舒适。而且它也很轻，比常见的铝质自行车轻，只比绝大多数“减肥人士”选择的碳纤维自行车重一点点。

很容易就能明白为何有这么多人对它感兴趣：这是一个迷人且相当直观的过程——从林中采收回来的竹子，居然能变成自行车。

11 月，野生的竹子收获之后，詹姆斯就会直接到进口商的仓库中挑选合适的。“我一般要么用毛竹，要么用青篱竹，因为这两个品种的强度特别好。”他解释道，“竹子品种大约有 1500 种，而大熊猫只吃其中的两种，所以用竹子做自行车是不会饿着它们的！”在竹子生长的早期，直径是不变的，随后才会继续长高、长粗。詹姆斯会根据自行车的不同部位

来选择各种尺寸和厚度的竹子：粗的用来做下管，因为这个部件的作用是提供支撑，必须要坚固才行；稍细的用来做后方的三角车架，因为这里的空间不大，也不需要很粗的管子。

每一个来参加工作坊的学员都有心目中最想要的自行车样式。他们会领到一些把竹管连接起来的金属部件，而竹管的连接角度是课前准备好了的：学员先自己设定，詹姆斯再从工程师的角度核算。这些零件，再加上各式各样的竹子配件，随后要放在夹具上，装配成稳固的车架。一旦角度、长度、直径和轮廓都设定好了，也用胶水粘上了，周末的重头戏就来了：把这一切牢牢地固定住。詹姆斯试验了各种捆绑材料，最后选定了一种有着结实网状结构的麻质纤维。

用这种纤维一层层把连接处裹好，再刷上天然的环氧树脂，自行车就组装好了，连接处光滑、牢固，能用很多很多年。从周六上午 9 点到周日下午 5 点，只需 16 小时，五辆定制的自行车就在伦敦东区这个热火朝天的工作坊中诞生了。它们的样子截然不同，每一辆都符合制作者本人的体型和对车子的用途要

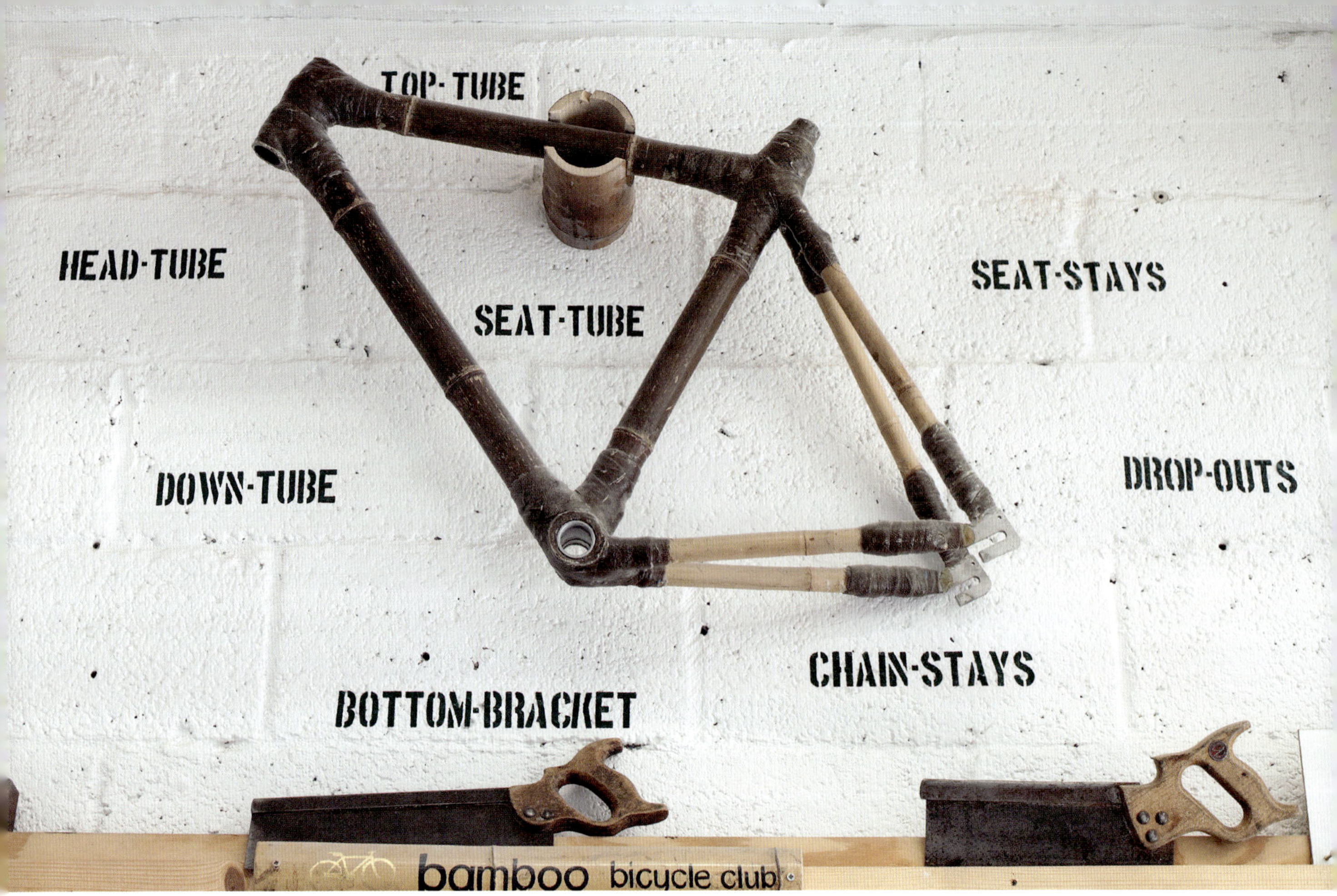

TOP-TUBE
HEAD-TUBE
SEAT-TUBE
SEAT-STAYS
DOWN-TUBE
DROP-OUTS
CHAIN-STAYS
BOTTOM-BRACKET
bamboo bicycle club

DOWN-TUBE
CHAIN-STAYS
BOTTOM-BRACKET
bamboo bicycle club
TAPE

求。每一辆的设计都至臻完美：有的是做来通勤用的死飞单车[1]，有的是公路自行车，还有的是山地车。制作它们的学员们倾注了大量的思考和艰辛的劳作，流下汗水（有时还会有泪水），但自始至终都无比快乐。他们会用心珍爱自己的车子，细心呵护它，一如预期中那样骑着它，也会永远留着它。竹子自行车俱乐部的理念和实际表现一样完美：这块小天地里充满对两轮机械的激情和热爱，帮助志同道合的人们彼此结识，享受共处的时光，并且创造出一件可以永远留存的珍宝。

1 fixed-gear，后轮的齿轮与后轮直接用螺栓固结的自行车。它是一款非常美丽、纯净的自行车，简化到只有一个车架、两个轮子、一个车把和车座。——译者注

抽离

Escape

Recharge
休整

Photograph by Reinis Hofmanis

里加制造

Made in Riga

阿格尼丝·克莱纳带领我们前往她的第二故乡、
拉脱维亚（Latvia）的里加（Riga），探寻隐藏在街巷中的精彩店铺。
从时尚品牌到餐厅，这座城市正处于一场创意革命的最前线。
经她的介绍，我们明白了为何里加应该出现在你的旅行名单上，
或许你还可以考虑移居那里，或是在那儿开创你的事业。

撰稿 Agnese Kleina
摄影 Reinis Hofmanis

上图
本文作者阿格尼丝·克莱纳与 Deeply Personal 创始人埃琳娜·瓦纳嘉

十五年前，我告别了故乡利耶帕亚（Liepāja），搬到了首都里加。在故去姨母位于里加市郊的公寓里，我开始了新生活。当时我和朋友同住，睡的是简易沙发床。从那时到现在，里加发生了巨大的变化，如今，越来越多敢想敢做的人才被吸引到这里。我从我的刊物 *Benji Knewman*[1] 的编辑工作中抽出两天时间，去探访里加的创意店铺。

Deeply Personal
拉脱维亚时尚品牌

“你的‘有罪恶感的快乐’就是你的个性特征”——这句话是拉脱维亚时尚品牌 Deeply Personal[2] 的座右铭。创始人兼创意指导埃琳娜·瓦纳嘉对此现身说法，把“我最有罪恶感的快乐是炸薯条蘸蛋黄酱”印在了自己的名片上。我到达她的工作室的时候，她刚刚从米兰的一个时装设计夏季班回来。没时间慢慢休息和倒时差了，因为埃琳娜必

1 benjiknewman.com
2 deeplypersonal.fashion

须马不停蹄地开工，为接下来在上海、米兰和巴黎的时装秀做准备。她跟我一样出生在利耶帕亚，曾经为设在萨拉茨格里瓦（Salacgrīva）的著名音乐节 Positīvus 工作了五年，负责市场营销方面的工作。在国际市场上的品牌推广和产品运营的工作经验帮助她创立了自己的公司。

2017 年春夏时装系列才不过是 Deeply Personal 发布的第三个作品系列而已，但埃琳娜已经摸到了在拉脱维亚运营时尚品牌的诀窍。“拉脱维亚的面积很小，新品牌很容易吸引到注意力。”她说。

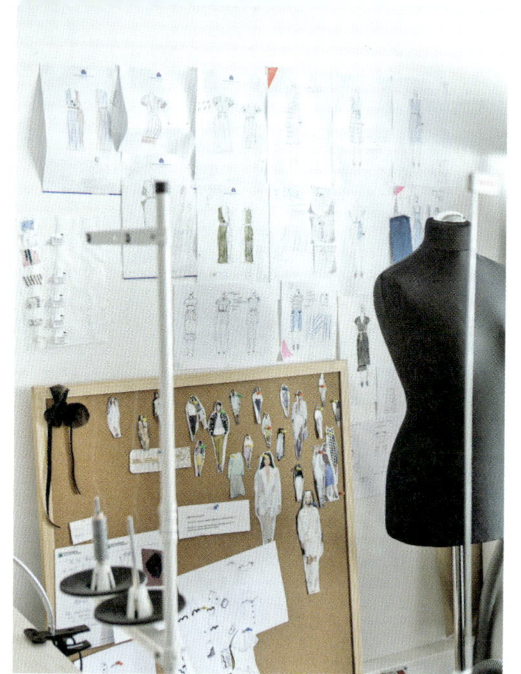

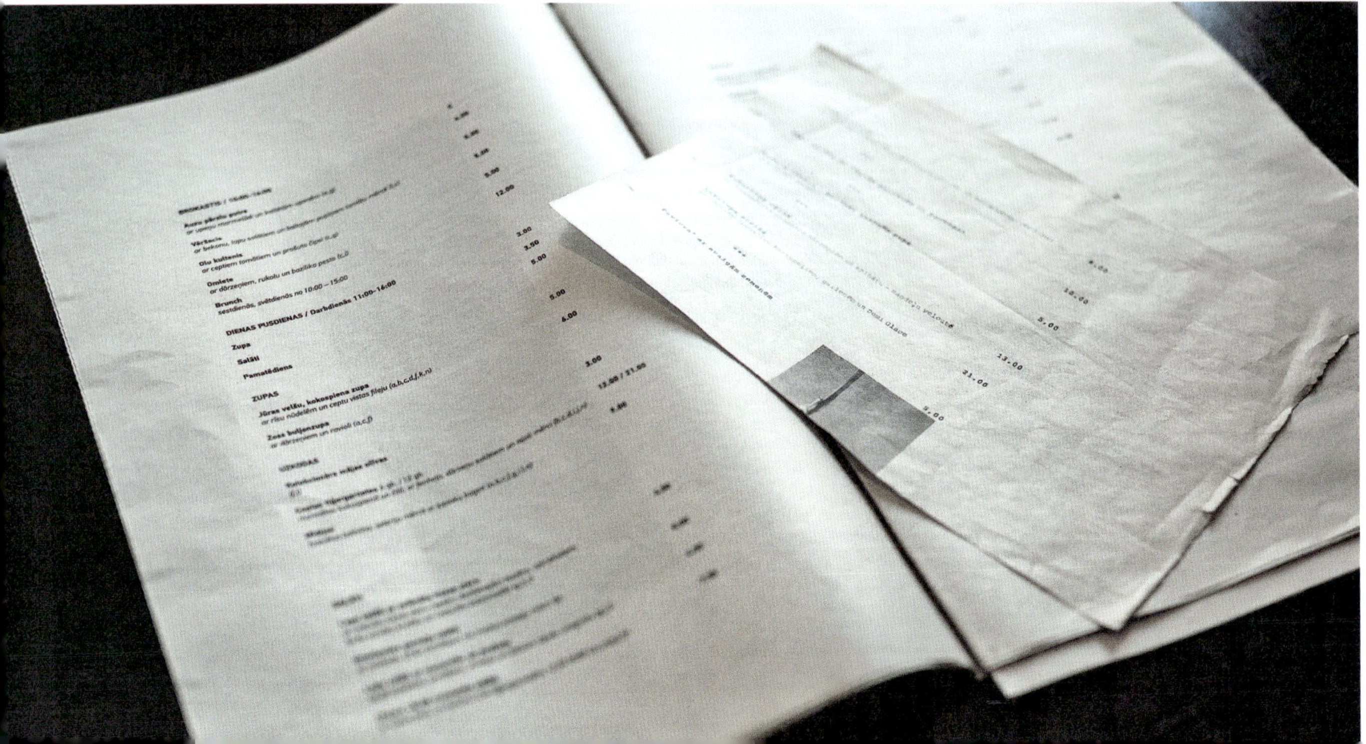
12.00
Olu kultenis
ar ceptiem tomātiem un produkta ...
3.00
3.50
5.00
Omlete
ar dārzeņiem, rukolu un bazilika pesto (c,l)
Brunch
sestdienās, svētdienās no 10:00 – 15:00
DIENAS PUSDIENAS / Darbdienās 11:00–16:00
5.00
6.00
Zupa
Salāti
Pamatēdiens
ZUPAS
3.00
Jūras velšu, kokospiena zupa
ar rīsu nūdelēm un ceptu vistas fileju (a,b,c,d,f,k,n)
Zoss buljonzupa
ar dārzeņiem un ravioli (a,c,f)

Kolekcionārs

咖啡馆、餐厅

如果要请客人吃顿精致美食，我有三个选择。

首选就是 Café Kolekcionārs[1]（意思是“收藏家”）。这里的菜单做得像报纸一样，若是有客人买下柜台内售卖的拉脱维亚瓷器，还可以把菜单对折起来当作包装纸。如果顾客刚在店里喝过一杯馥郁的香茶，就会很容易买走同款的漂亮杯子。想出这个点子的人是这家店的老板之一，埃迪斯·埃玛尼斯。他诚挚地热爱拉脱维亚的艺术品，经常买画挂在家里，Kolekcionārs 的墙上也经常能看到画作。

1 kolekcionars.com

Pagalms
有历史的木屋餐厅

我的第二个餐厅选择是 Pagalms[1]（意思是“庭院”）。被运动设施、文化建筑和大自然环抱的餐厅，里加城里再也找不到第二个。

餐厅坐落在一幢小楼里，这里以前被用作网球运动员的更衣室，如今已经被市政列为文化地标建筑。由于这种特殊的地位，它的主人之一、劳拉·泽维尼斯等了好几年才获准在这里开办餐厅兼咖啡馆。

坐在阳台上，你可以看到城市的运河，旁边的网球场如今仍在开放使用，还有拉脱维亚国家剧院（Latvian National Theatre）——1918 年 11 月 18 日，政治家们在这里宣布拉脱维亚共和国独立。劳拉这样形容 Pagalms 的氛围：“就像是木屋中的宫殿”。

店里的菜色简单质朴，有各色新鲜调制的菜品，其中包括劳拉去亚洲旅行时品尝到的美食，辛辣的滋味足以挑战绝大部分欧洲人的味蕾。

1 facebook.com/pagalms

COD
鳕 · 炉端烧
现代日式餐厅

我会推荐给客人的第三家精致餐厅就是鳕 · 炉端烧（COD Robata Grill Bar [1]）。

创始人穆拉德 · 加斯科（Murad Jusko）是我以前的邻居。在我之前住过的那幢楼里，穆拉德开了一家鱼鲜餐厅，这是他“改变当地人对美食的理解”的首次尝试。接着，他开了这家“鳕”——提供现代日式美食的餐厅兼鸡尾酒吧。

在“鳕”开张之前，里加城里只有过日本寿司吧。“我想引进一些当地人从没吃过的菜式，”穆拉德解释道，“我想影响他们的口味。”

穆拉德一点都没吹牛。他出生在里加，双亲中一位是本地的交谊舞演员，后来当了老师，另一位是来自俄罗斯达吉斯坦（Dagestan）的珠宝商。20岁时他前往美国，希望能做个篮球运动员，但最后做了酒吧侍者和服务生，摸透了餐饮行业的全部门道。随后，他去了莫斯科的一家日式餐厅工作，而这家店的老板就是把日本美食引入俄罗斯的第一人。

有了在国外的经历，穆拉德带着一个使命回到家乡里加：把精彩的现代日本美食介绍给这里的民众。

于是他创立了“鳕”，店里摆着定制的木质家具，是一位管风琴制造师设计的。菜单由一位曾经在米其林三星餐厅工作的主厨制定，如今餐厅的总厨是Jevgenijs Jasnickis。

“虽然里加还远算不上美食之城，但是，见多识广的顾客来到‘鳕’吃饭，会说他们觉得就像身在纽约或莫斯科一样。每当这种时候，我们就会暗自庆祝这小小的胜利。”穆拉德坦诚地说。

1 cod.lv

Paviljons

时尚与生活方式概念店

生活方式概念店 Paviljons[1] 坐落在一个街角处，离“鳕”只有一个街区。“波罗的海地区最酷的地方”，是这家店非正式的口号。

Paviljons 在 2009 年开张，原本是时装设计专业学生的一个实践项目兼快闪店，只打算开两个礼拜，却成功地成长为里加城中的家居品牌，为顾客提供精选的拉脱维亚设计，以及像阿迪达斯这样的全球著名品牌的产品。

几年过去，许多事都改变了。网购在全球范围内风行起来，当地设计师也纷纷开设了自己的品牌店或网店，而 Paviljons 也找准了自己的市场定位。“在网络时代，我们的角色就是成为一家精挑细选的买手店，把好东西都汇集在一处，并且塑造出自己的品牌——一个创意精神永存的地方。”联合创始人埃莉扎·塞斯科－费尔德曼解释道。

她同意 Deeply Personal 的创始人埃琳娜的说法，即打入当地市场，让大家看到你、认识你，这是容易的，但把生意持久地经营下去可不容易。“单是加多一种颜色是不够的。顾客总是想要全新的设计。”埃莉扎说。

2016 年夏天，她的团队开始回归初心——起码从某种程度上是这样。他们一向梦想能在柏林开一家分店，但是，与其盲目地投资一处永久店址，还不如做个负担不重的试验：他们在柏林市中心的米特区（Mitte）开了一家为期一个月的快闪店，打算研究一下柏林的顾客群，同时也做做品牌推广工作。

“那儿的消费群跟里加这里完全不一样，”埃莉扎说起他们在柏林的经历，“他们买走的，是我们完全没指望卖掉的，而我们以为他们会喜欢的东西却动也没动过！我们接受这个挑战！”

1 paviljons.com

Associates, Partners et Sons
设计工作室

平面设计师埃德加斯·兹维丁斯此前一直生活在英国布莱顿（Brighton）。刚从布莱顿大学毕业时，他拿到了当地一家专做书籍封面设计的事务所的聘书，但随即又收到了里加一位建筑师的邀约，请他负责设计拉脱维亚著名建筑师马塔·斯塔纳（Marta Stana）的展览。

“身为一个建筑迷，我决定在职业生涯发展的梯子上连跳几级，而不是一步步爬上去。”埃德加斯说。如今，他创立并掌管着设计事务所 Associates, Partners et Sons 。

我问他为什么给事务所取这个名字，这位设计师指着 Partners（伙伴）这个词：他认为，在帮助客户实现想法的过程中，设计事务所应当与客户成为平等的伙伴。

在四名员工的帮助下，埃德加斯努力地想要客户意识到优秀设计的价值——在目前的市场上，依然总是最便宜的报价赢得订单。但是，他发现这个野心相当有代价。最近，埃德加斯遇到了身心俱疲的状况。这位 28 岁的设计师得到的建议是去做泥浴和理疗，同时他也尽力削减了一些工作量。

“我很不擅长授权给员工，”埃德加斯承认，“在我们事务所，我们非常希望能提升优秀设计的标准，并且能在当地市场上开创一些设计潮流。我经常问我的团队：更高的水准是什么？我希望他们在职业生涯中取得进步，也帮助他们成长，通过帮助他们成功，我自己的职业发展也会更上一层楼。”

20.gadsimts
古董家居设计店

“我新店里的门才刚刚装上！”我顺路拜访黛特·朱尔肯的古董家居设计店时，她乐呵呵地对我说。20.gadsimts（意思是“20世纪”）的面积虽小，但空间感很好。黛特的店正在扩张当中，很快就会有更多地方来陈列她心爱的钢管椅和斯普特尼克[1]时代的灯具了。

说到后者，黛特最近拿到了一批非常独特的、有历史的宝贝：差不多一百多盏玻璃吊灯，是从里加的一家苏联时期的文化俱乐部里弄来的。“每当我看到公共空间里这些要被拆掉的不要的装饰品时，我都觉得特别激动。这样子的灯可不是大路货，它们都是专门为了这个空间而设计制作的，而且是手工定做的呀。把这些满是尘土的旧东西从楼里拆下来，运到我店里，这才只是开始。接下来才是激动人心的部分：去调查它们的历史，跟还记得那个年代——它们风华正盛的那个年代——的人们聊一聊，然后就是品味拥有它们的喜悦，以及对那个早已逝去的年代的伤感追忆，此外你还能感觉到一种责任感，把这些珍宝传递到懂行人手中的责任感。”

黛特十分认同夫妻档设计师查尔斯和蕾·伊姆斯的观点：人应当认真对待享乐这回事。因此，2009年，图书馆学出身、毫无零售经验的黛特在里加开了一家前所未见的店铺，出售来自德国、意大利、北欧、法国、捷克斯洛伐克（两次世界大战之间那段时期）等地的、20世纪的设计作品，以及里加当地的一些稀有古物。

然而，里加市民颇用了一段时间才接受了20世纪中期的现代设计，而这种风格早已在全球范围内掀起热潮。“对于在苏联时期长大的人，这个时期的设计并没有唤起任何感伤的情绪。”黛特说。她解释说，苏联时期的优秀设计在里加根本就不存在——她的店里没有，其他任何地方也没有。“20世纪50年代，苏维埃的拉脱维亚既没知识也没能力去改变本地的家具设计和生产，无法把它变得现代。至于60年代和70年代设计的东西呢，质量太差，没法保留到今天。”

1 斯普特尼克（sputnik），是苏联时期发射升空的人造地球卫星。——译者注

“我们不是瑞典人。我们也不会成为俄国人。所以，就让我们好好当芬兰人吧。”这是19世纪末期芬兰的一句著名的箴言。如果要把这个句式套用在我所在的这个城市的话，那就应该是：“这儿不是巴黎。这儿也不会成为莫斯科。所以，就让它是里加吧。”

对于我访问的这些创意人士，我最喜欢的一点就是，他们并不想努力成为别人，或是变成别的样子。当然了，顾客或客户难免会把他们与其他城市的公司和品牌相比，但“与别人相比较”，现在不是，今后也永不会成为他们的终极目标。他们努力想要做到的是为里加带来它缺少的东西。在当前，这意味着成为先锋，驾驭一条尚在建造之中的船，但是，正如我们里加人爱说的，最好的经验是在实践中学来的，不是拖延出来的。

Fret Not

在本文中，网页设计师、Dribbble[1] 的联合创始人丹·西德霍姆谈起班卓琴是如何帮助他对抗焦虑的，如今，他继续用班卓琴来缓解日常的压力。如果你觉得弹班卓琴很难，那么“扫弦”的弹奏指法可能会让你改变想法。

采访 Elliot Jay Stocks
摄影 Michael Cooper

我知道你在接触网络之前是个鼓手，后来又弹吉他，那你的兴趣是如何转移到班卓琴上去的？

虽然我最初是打鼓的，但我对所有类型的音乐和乐器都很感兴趣。我父亲弹吉他，小时候他教了我一些和弦，我们家里到处都放着乐器，我随时都能拿起来玩。那时候我还没有对班卓琴或兰草音乐（bluegrass）感兴趣，但我一向都觉得班卓琴十分迷人。

20 世纪初期，班卓琴真的非常流行，几乎随处可见，许多人都会弹。当时的弹法比兰草音乐的三指法容易，而今天我们一想到班卓琴，指的就是这种指法。三指法十分迷人，是班卓琴演奏手法的革命性创新，但与此同时，有些人也认为它毁掉了班卓琴“民间乐器”的地位，因为这个指法真的非常难学。兰草音乐改变了它之前，它确实是个更为常见的乐器。

十几岁时，我想学班卓琴，所以就买了一本讲三指法的书，因为我完全不知道还有其他弹法。我努力去学，因为吉他就是我自学的，还练得颇为精通呢。但班卓琴跟吉他完全不一样。拨弦的三根手指中，每根都得做出独立的弹拨动作。这个指法非常复杂，大概不适合只跟着书学。最后，一个朋友借走了我的班卓琴，

1 dribbble.com

HELL ON WATER
HOWKC
KAYAK CLUB

再也没还回来，我的第一个班卓琴就这样不知所踪了，但我依然十分迷恋这种乐器。大约六年前，我又萌生了想学的念头，不过这一次我是真心实意地想练琴了。

当时，我遭遇了巨大的压力。医生诊断我得了焦虑症，我尽力寻找各种各样的方法来帮助自己放松和解压——做一些跟电脑完全没关系的事，一些能让我全身心投入进去、不去想其他任何事情的事。鼓是我玩得最多的乐器，但打鼓很受条件限制，尤其是在家里满是小孩子的时候。班卓琴就容易得多了，窝在沙发里就可以弹。同时我也很想学点新东西，学点跟设计完全没关系的东西。

就这样，我拾起了班卓琴。我原以为我又要再学一遍三指法了，因为我以为这是班卓琴唯一的弹奏方式，可后来我在 YouTube（优兔）上看到了一系列视频，老师特别棒，是来自塞勒姆（Salem）的汤姆·柯林斯[1]，我很快意识到，他的弹奏方法跟三指法截然不同。他的弹法叫作扫弦法（clawhammer）。我彻头彻尾地服了，因为我非常喜欢这样的乐声，而且在我看来，这种弹法要简单得多。扫弦法正是在三指法出现之前绝大多数人采取的指法，感觉就像是"朋克摇滚味道的班卓琴"。学了扫弦法后，仿佛另一个世界的大门一下子敞开了——那是旧时代音乐的世界，这种风格早在兰草音乐出现之前就存在了，并且极大程度地影响了兰草风格。这是一个我完全不了解的世界。有些曲调已经融入了兰草音乐的其他领域和一些民歌当中，因为这些调子都十分古老，是口口相传流传下来的。

这类音乐有非常精彩的录音，但十分稀少，许多都是在家庭聚会时弹奏的。结果就是同一首歌可能会有 20 个完全不同的版本，美妙极了。我完全被旧时代的音乐迷住了。

1 youtube.com/user/FretlessFury

你觉得这种音乐的魅力在哪里？是因为它非常古老，让你有追根溯源的感觉呢，还是因为它是开放的，你可以用各种方式去诠释它，因为这么多年下来已经没有所谓正确的、最终定论的版本？

我觉得两者都有一点。它的历史很有趣：针对同一首歌，你可以学到五种不同的版本，它们彼此之间是有关联的，但又都有独特性。这意味着，身为演奏者，你也可以加入自己的理解，我特别喜欢这一点。这有点像开源软件：作品中的大部分都是公版的。没人知道这首歌的原作者究竟是谁，因为它可能是1920年在某个山顶上写成的。它们构成了旧时代的风格。

你说你重拾班卓琴的主要原因是你对它很入迷，同时你也想找点事情帮自己缓解焦虑，不去想工作上的事。你继续弹琴的原因依然是这些吗？

The days where I can fit banjo in are usually pretty good mental health days; it's like my meditation.

Dan Cederholm

能弹班卓琴的日子，
我的心态就非常健康，
弹琴对我来说
如同冥想。

——丹·西德霍姆

HELL ON WATE
LUB

绝对是的。事实上，能弹班卓琴的日子，我的心态就非常健康，弹琴对我来说如同冥想。我想，部分原因是当下只有我与琴相对，也有一部分是因为音乐本身固有的重复性，尤其是旧时代的那些曲调。其中许多旋律比较平缓低沉，让人可以边弹边自由地走走神，但其实你也并没想什么具体的东西。

你的生活中需要平衡，需要有样东西能带你远离压力——不管给你造成压力的是什么，这是因人而异的。

有没有什么具体的时段或场合，让你觉得一定要拿起班卓琴来弹一会儿的？比如在压力很大的时期？

我觉得它的预防作用更大一点吧。如果我能在早上挤出时间来弹一会儿，哪怕只有 10 分钟，对我都很管用。

周末的时候也很适合弹上一会儿。碰上懒散的星期日，醒来后，孩子们也围在身边，我就很愿意拿起琴来，写一段曲子，这对我的帮助也很大。

所以，你觉得比较好的方法是挤出时间来弹一会儿，这样接下来的一天都会心情很好？

一点没错。我不会规定自己什么时候应该弹琴，但至少我会有意识地为它留出时间。弹琴的时候特别有幸福感，哪怕只弹了几分钟。

你觉得作曲是个能帮你活在当下和逃离压力的必备手段吗？创作音乐跟单纯地听音乐有什么不一样，哪怕只是随手拨弄几下？

两者绝对不一样。事实上，我是如此热爱音乐，以至于我几乎没法去“听”它。你大概会以为我一天到晚都开着音乐吧，但其实并不是，因为我会全神贯注地投入到音乐当中。我没法一边听音乐一边专心干别的，除非是那种特定的、更适合当背景音乐播放的。

由于这个原因，我在玩音乐时就会全身心投入。我会觉得非常舒适、安宁，因为我知道接下来我会专心致志地做这件事。这会帮我找到活在当下的感觉，毫无疑问。而作曲一向是我很喜欢做的事，其实就是写点东西，就算糟糕也不怕。

如果我一边听音乐，一边做其他的事，我就没法全神贯注地做那些事情。同样，如果我在弹琴、作曲，那我就会全神贯注。我可是打定主意，一心要活在当下的。

咖啡品鉴指南

How to Taste Coffee

橘子皮的香气？烤杏仁的味道？檀香？甚至是豌豆？我们的“御用”咖啡专家、来自伯灵顿（Brulington）咖啡店 Onyx Tonics[1] 的杰森·冈萨雷斯带你领略隐藏在小小咖啡豆中多姿多彩的风味世界。

采访 Jason Gonzalez
摄影 Jayde Perkin

品鉴咖啡的原因有很多。或许是因为你要做出商业上的判断，比如决定进口哪一种咖啡豆，或是调整冲煮方法，把这款豆子最好的风味呈献给顾客。也或许是因为你要比较几种咖啡的口味，好决定买哪一种回家。或许，你纯粹是为了享受品饮咖啡的乐趣。每一种品鉴咖啡的理由都有与之相配的特定品鉴方法。我们可以很容易地把咖啡品饮变成一次技术性的评测：用上打分表、计算公式，还有一种特殊的勺子——其实就跟一只普通汤匙差不多啦，只是价钱要贵上许多。

我并不是要批评专业的咖啡品鉴活动——如果你有机会去咖啡“杯测”的现场体会一下，可一定要去试试。你会窥见咖啡行业内部是如何操作的，看到业内人士如何专业地评测咖啡的质量。但是在我看来，对咖啡风味如外科手术般精准的研究和评测，其全部意义应该在于，冲煮出人们最终会喜欢的咖啡。我们或许会使用数学公式来获得最佳的品尝体验，但归根结底，让整个评测流程产生意义的还得是体验本身。

以这一点为前提，今天我们不会讨论行业知识或品尝的科学，也不会探讨那些为了寻找最理想冲煮方法而做出的精微调整。我们要谈的是，当你纯粹为了乐趣而喝咖啡的时候，该如何去品饮它的滋味。

其实这是不公平的，因为这得需要一杯绝佳的咖啡才行，而这种咖啡不是人人马上都能遇到的。不过我相信，要把每杯咖啡都当作锻炼味蕾的机会，这样你的味觉就会越来越灵敏，当你真的遇到那一杯精彩的咖啡时，你就能品得出来。这有点像看体育比赛。我第一次看奥运会柔道比赛的时候，觉得这简直就像是两个人拼命拉扯对方，直到两人都倒地为止嘛。最终有人胜出了，可我完全不知道为什么。当我逐渐明白了规则，搞清楚了场上可能会发

1 onyxtonics.com

生什么、即将发生什么，观看变得有趣起来。我开始了解选手们背后的故事，当我看到他们脸上失望的表情时，我明白他们因何而失望，而且我渐渐明白了我正在观看的是一场平庸的比赛，还是精彩的特别瞬间。当你也成为见多识广的咖啡内行时，你就更有可能见证精彩的瞬间。

❶ 什么都不做

相当有禅意，是不是？确实如此，你应该等着咖啡变凉一点再喝。基本上，你应该等到不必担心咖啡烫嘴、可以放心啜饮的时候。在专业的杯测中，对咖啡的温度和等待时间都是有规定的，你得过了那个时间点之后才能尝它。不过咱们就把这个环节开开心心地跳过去吧。在我看来，观察一杯咖啡渐渐变凉时的变化是非常动人的。一些风味散发出来了，另一些消失不见，还有些变得越来越浓郁。此时不存在所谓“完美的一刻”，这是一个持续的过程。

❷ 嗅闻

嗅觉与记忆有着非常紧密的关联。这是我们凭直觉就会知道的事，因为某些对我们有意义的气味会唤起强烈的情感。在品饮咖啡的时候，我们可以利用这一点来构建一个“ 气味图书馆”。我们可以从辨识某些大区的代表性香气开始。当我们了解到哪些香气是可预期的之后，一旦遇到了一款有违预期的咖啡豆，我们就可以更加充分地享受它的气息——比如当一种咖啡出乎意料地散发出馥郁的茉莉花香，或是成熟水果的味道、带有甜味的香料味道的时候。此处我能给的建议很少，不是因为这一步不重要，而是因为嗅闻的动作对我们来说太自然了。当一杯新鲜冲煮的咖啡摆在你面前，你倒给我憋住气不去闻它试试看。学着把你的感觉用语言表达出来是很有意义的，寻找一款咖啡的特别之处非常有意思。是柑橘的香气吗？哪种柑橘？橙子？还是更为活泼明亮一点……更像橘子？像果皮还是果肉？有些咖啡的香气很难确切描述，就是一种模糊的柑橘香，而有些咖啡的香气非常具体……嗯，是蜜橘橘皮的味

道。这里没有对错之分，但是，尽力把感受用语言表达出来是很重要的，它能帮助你更加深入透彻地探索这场味觉之旅。

❸ 啜饮

我比较喜欢的啜饮咖啡的方式有一两种。一种是，“吸溜”一声啜进适量的一口咖啡，闭上嘴巴，让它在舌头上停留一会儿。这样吸啜很有趣，还可以让咖啡在入口的同时混入空气，像喷雾一样洒落在味蕾上。吸吸溜溜的声音有点烦人，但它能让咖啡释放出更多香气，到达口腔中更多地方。最后，咽下这口咖啡后，不要张开嘴巴，让舌头在口腔中上下活动几下，同时从鼻子里向外呼气。这能帮助我更加容易地品出它的余韵。你在品饮咖啡的时候，可以把这些方法来个混搭。

这些都是“幕前”发生的事。更重要的是，我们的体验实际发生在幕后——在大脑中。科学会继续发展，为我们更加生动详实地揭示幕后发生的故事，但在今天这篇文章里，我们要看的不是把幕布拉起的绳子和滑轮，而是舞台上的演出。

❹ 品味盛宴

这辈子我们一直在品尝，所以从很多方面来说，谁都不缺经验。然而，我们并不会经常主动去感受这些味觉体验，去分析口中的滋味。在品饮咖啡时，主动的品尝其实就意味着去留心嘴巴里的滋味。最简单的方法就是把味觉体验拆分成几大类。既然咱们吃饭的经验都很丰富，那就把咖啡里的几大类风味元素看成一顿饭的组成部分吧：水果与蔬菜、碳水化合物和蛋白质、香料。

水果与蔬菜

咖啡确实是果实的种籽，咖啡中的酸度常常以果味呈现出来。在一杯使用浅烘豆子、冲煮得不错的咖啡中，果香往往是我最先品尝出的味道。我在咖啡中品尝到的酸味基本上都能跟某种水果联系起来。红苹果或青苹果，红提或青提，李子或樱桃这样的核果，柑橘类水果……这个清单可以一直列下去。酸度较低的咖啡可能依然会表现出淡淡的水果香调，比如果干或焗烤过的水果。偶尔，咖啡会表现出蔬菜的味道。这些有可能是令人不快的青草味。但在我喝过的一些绝妙咖啡中，就曾有过豌豆、青椒或番茄的味道。

碳水化合物和蛋白质

出色的咖啡会有甘甜味和醇厚的口感。有时候你会品出蔗糖、蜂蜜、红糖或糖蜜的味道。有时候甜度没那么高，更像是谷物，比如说，麦麸、麦芽、燕麦。在蛋白质这一路，我希望你不会尝出太多肉味，但你多半会尝到一些坚果或种籽的味道。是不是有花生或杏仁的味儿？更像是生杏仁呢，还是烤过的杏仁？

香料

咖啡会给你惊喜。我就曾经在咖啡中品出过香草、黑麦、啤酒花、伯爵红茶、檀香的味道。这些芬芳的香调会出现在这些地方：有些咖啡会立即散发出花香调，有些则是在最后留给你可可豆般的余韵。

❺ 不必急于打分

如果你对咖啡品鉴真的很认真，那么你可以再往前走一步，把每次的体验记录下来。市面上有几个 App（手机软件）可以用来描述和记录咖啡的风味。虽然给咖啡评分挺有意思的，但我建议你慎用。评分是对咖啡相关价值的评测，这跟描述自己的品饮体验是两回事。社会好像总是鼓励我们用数字或笑脸符号给体验打分，但有时这种对价值的评断会阻挡我们获得更开放的体验。人的身体能够提供的、反映出周遭世界的信息已经多到难以置信，所以，单是把体验描述清楚就已经够难的了。享受某种体验的时候，没必要总是想着给它评分。

蕨菜野菇佐
乳清奶酪
与烤吐司

Recipe

Mushrooms and Fiddleheads over Ricotta on Toast

居住在魁北克（Quebec）的美食爱好者玛蕊斯·圣阿曼德和朱莉－安妮·卡西迪从一本 20 世纪 30 年代的烹饪书中获得灵感，专门为我们 *Lagom* 带来了又一道美味佳肴，这道菜很容易做，是丰盛午餐的完美选择。

撰稿 & 摄影 St-Amand Cassidy

这道菜的灵感来自 1931 年由大都会人寿保险公司（Metropolitan Life Insurance Company）出版的《大都会烹饪手册》（*Metropolitan Cook Book*）。我们把原来的炒蘑菇里的大量鲜奶油换成了更加清淡的乳清奶酪，再用香草和柠檬添加清鲜的味道；把当季的羊肚菌和爽脆的带有淡淡清苦好味道的蕨菜拌炒在一起。如果你买不到新鲜的羊肚菌，用干的也一样：做菜前，把干羊肚菌放在温水里泡 15 分钟就可以了。配上一道绿蔬沙拉，一杯夏布利干白，就是一道丰盛又完美的午餐或晚餐。

Ingredients
食材

900 克羊肚菌
250 克蕨菜
25 克黄油
1 颗小红葱头，切碎
1 瓣大蒜，切碎
4 克龙蒿，粗切几下
250 毫升白葡萄酒
250 克乳清奶酪（ricotta）
1 颗柠檬，擦出柠檬皮碎，然后挤汁
8 克欧芹，切碎
125 克核桃，炒香，粗切几下
乡村面包，切片

做法

把柠檬皮碎、柠檬汁、欧芹碎加入乳清奶酪中拌匀，加盐和黑胡椒调味，放在一边备用。在小锅中把核桃仁用高火炒香，粗粗切几下，备用。

洗蕨菜的时候，用小刷子把末端棕色的部分刷掉。在流动的凉水中冲去尘土。准备一锅盐水，煮开，把蕨菜放入，煮 5 到 10 分钟。（出于健康考虑，蕨菜务必要煮熟才能食用，因为生蕨菜可能含有毒性。）捞出后沥干水分，放在一大碗冰水中备用。

同时，用小刀把羊肚菌的菇柄切掉。洗羊肚菌的时候，要当心皱褶里可能会藏有尘土。用厨房纸吸干水分。开中火，把黄油放在大煎锅中化掉。加入红葱碎和大蒜碎，慢慢用小火拌炒，要炒到透明但还没变成金黄的程度。倒入白葡萄酒，开中火，煮两分钟后放入羊肚菌和龙蒿拌炒，小火慢慢炖煮，直到羊肚菌变软。整个过程中需要不时搅动，总共需要大约 10 分钟，蘑菇就能炒好了。蘑菇就快炒熟的时候，放入蕨菜，加盐和胡椒调味。

装盘时，把面包片烤热，先把乳清奶酪铺上，然后放上蕨菜炒蘑菇，撒上炒香的核桃碎即可。

甜蜜永流传

Keeping It Sweet

玛蕊斯·圣阿曼德和朱莉－安妮·卡西迪深入到一个鲜为人知的加拿大传统之中，去寻访那些维持着魁北克传统的“枫糖屋”，以及让这份甜蜜永远流传下去的人们。

撰稿 & 摄影 St-Amand Cassidy

每年春天，到了熬制枫糖的季节，整个魁北克省的人们都会聚集成群，坐在质朴的公共餐桌旁，尽情享受着用枫糖浆做成的各种传统疗愈美食。如果你不是在这里长大的，那么很可能你并不了解枫糖浆是怎么来的，也不知道“枫糖屋”是怎么回事。或许你知道枫糖来自枫树，但是，考虑到这个事实——魁北克地区出产的枫糖约占全世界产量的 85%，余下的那些也产自附近的地段——枫糖的整个制作过程（从树汁如何从树干中提取出来，一直到装进精美的瓶瓶罐罐中）对你来说多半很陌生吧。

对我们魁北克人来说，枫糖是我们文化身份的根基。与人们以为的刚好相反，枫糖浆并不是一从树干里流出来就是这种黏稠清甜的状态。简单说来，每年开春，雪刚刚开始融化的时候，在 12 到 20 天

Cabane du
PicBois

的时期里，夜间气温低于零摄氏度，而日间气温高于零度。只有在这十几天里才能采收枫糖。农夫（本文中我们称为糖农）把管子插进枫树中，把流出的树汁收集起来——此时的树汁是无色微甜的液体，需要倒入蒸发槽里煮滚，熬掉水分，最终才能成为大家都喜爱的、美味的金色枫糖浆。大约 40 升树汁才能熬制出 1 升百分之百纯净天然的枫糖浆。

是印第安人最早发现了 sinzibuckwud——这是阿尔岗昆语（Algonquin）对枫糖浆的叫法，翻译过来就是“从树里来”。当法国人把这块新大陆变成殖民地后，我们的祖先学会了基本的枫糖制法，并且很快就把它纳入了自己的文化当中。为了浓缩树汁，印第安人要么把树汁冻起来，再把析出的冰扔掉，要么就是把烧热的石头直接扔进装满树汁的桶里，让水分蒸发出去。后来，殖民地居民把大煮锅吊在树上，把树汁煮开。为了避免热量流失，他们建造起带有保护性质的木屋，最终演变成今天的枫糖屋。

从那时起，这些小屋的样式始终没变过：厚木板、方柱状的大梁、“人”字形的铁皮屋顶上开有天窗，方便散发蒸汽，屋内的摆设也十分粗糙质朴。这些古色古香的小屋成了枫糖采收季节里糖农的家，

左图
皮克柏伊思枫糖屋的主人安德烈·柏兰德

也特别适合亲朋好友和邻里们欢聚，大家唱着活泼的民歌，跳舞，当然也少不了享受大餐。

考虑到当年法裔加拿大人的清贫生活，以及冬季里新鲜食材的缺乏，这些大餐一般都是便宜的肉块、炖煮的肥肉、用干豌豆做的汤、煎蛋卷、肉馅饼、烤豆子，所有的菜式里都会加上大量的枫糖。甜点一般会有甜馅饼、可丽饼、浸满枫糖浆的甜甜圈，还有著名的、在雪里做成的枫糖太妃糖。这些饭食可不是给游手好闲的人准备的，而是要给在严冬里干重活的人提供必需的热量。到如今的任何一个枫糖屋里看一看，你就会发现，全魁北克上下的菜单全都一模一样——跟祖先们吃的也完全一样。你也会坐在硕大的公共餐桌前，和亲友、陌生人共享着大浅盘里的食物。

20 世纪 70 年代以来，大多数枫糖屋都被企业收购了。为了迎合更多人的需求，也为了提升利润，如今收集树汁用的都是聚乙烯管子了。这种技术提高了枫糖的产量，却牺牲了古法中那种原生态的魅力。别致的树汁采集桶不见了，木桶、马匹、拖拉机都没有了。餐食往往都在工厂外面做好，用餐的体验像是坐在大型咖啡厅里，而不是在舒适、朴素的乡间聚会上。想要体验真正传统的制糖生活，你一定要去拜访皮埃尔·福彻和安德烈·柏兰德这样的糖农，他们两位就属于那批人数极少的、依然用传统方式经营着枫糖屋的农夫。

在魁北克的蒙泰雷吉地区（Montérégie），蒙塔尼糖厂（Sucrerie de la Montagne）的主人皮埃尔·福彻严格遵守着他法裔加拿大的祖制，一心让访客们体验到最原汁原味的制糖生活。每件东西都经过精心设置，让访客觉得犹如一脚踏进了十九世纪的村庄。皮埃尔是个友善、热情、非同凡响的人，同时也是个精明、注重细节的商人。一上来你或许会想，这人是刻意在娱乐宾客吧，但要不了多久你就会发现他真正的性格：一个真诚、勤劳的男人，把一辈子都献给了把枫糖推向全世界的事业。几十年前他就在自家农场里给人们做饭了，彼时，就连魁北克旅游局都不想跟他这么个"农夫"扯上干系。

如果你来到东城（Eastern Townships）的皮克柏伊思枫糖屋（Cabane du Pic Bois[1]），就会见到丹妮尔·柏兰德和她的丈夫安德烈。这位知识渊博的第五代农人谈起自己的行业时，带着一种会感染人的激情。他在农场里做出的每一个决定都会影响到枫糖浆的口味和品质，其中就包括使用传统制糖设备。过去四年中，他被手工枫糖骑士团（Commandery of Maple Artisans）授予了金质奖章。

1 cabanedupicbois.com

上图
蒙塔尼糖厂的主人皮埃尔·福彻与儿子斯蒂芬；

下页图
皮克柏伊思枫糖屋的帕特里克·彼得森、雅恩·祖克若思科与杰森·贝尔

他做出的枫糖圆润、纯粹，还带着橡木香——与市面上常见的绝大多数枫糖完全不同。

加拿大食品检验署把所有枫糖浆分为三类：淡色、琥珀色、深色。这是因为，随着季节和天气变暖，枫树树汁中矿物质的含量会越来越高，使得枫糖浆的颜色变深，味道更浓，焦糖味也更明显。采收季节的第一批枫糖被认为是品质最高的：糖浆清澈，且味道纯粹。然而在这三类之中，口味也是千差万别。你在世界各地的店铺里买到的往往是混合过的糖浆，它们可能来自许多家糖厂，经过调和之后呈现出均一的味道。柏兰德希望，应该有一个更加精准的分类体系来区分枫糖，而且应当靠口味，不是颜色——这个体系应该像葡萄酒的分级一样，需要考虑到产区、土壤、年份，当然，还有制糖人的技术和手艺。如果真能有这样的分级系统的话，他做出的枫糖无疑要属于备受推崇、声誉绝佳的“特级葡萄园”出品了。

制作枫糖不是能在学校里学到的东西，而且在许多情况下，它更像是一种生活方式，而不是利润颇丰的生意。就像绝大多数枫糖屋一样，蒙塔尼糖厂和皮克柏伊思枫糖屋都是家族经营的。皮埃尔的儿子斯蒂芬就出生在农场里，正是家里买下这座枫糖屋的那一年。如今，他和太太全职在这里工作，而且只要有可能，他就会带两个女儿回来。柏兰德家的儿子们也会在农忙的季节里回来帮忙，安德烈自豪地说，他的孙子们也已经表现出了对这一行的兴趣。这两家枫糖屋都后继有人。对这一行的热爱和传统，包括人们珍爱的食谱，就这样被一代一代地传承下去。身为魁北克人，我们自豪地与大家分享这份文化遗产，而且我们要感谢柏兰德与福彻，感谢他们把这份传统延续下去。